S'ARRANGI ALLORA QUEL GRULLO

di Andrea Arienti

Prima edizione: settembre 2019

Via Giuseppe di Vittorio, 104 - 06073 Chiugiana (Perugia)

BertoniEditore

www.bertonieditore.com

info@bertonieditore.com

Andrea Arienti

S'ARRANGI ALLORA QUEL GRULLO

Bertonieditore

- A una donna -

Allor fui preso, e non mi spiacque poi;
sì dolce lume uscia dagli occhi suoi.

Petrarca

PREFAZIONE

Se dovessimo indicare un cielo che Andrea Arienti sogna e contempla, non ci sarebbero dubbi nell'individuare quello dell'Isola del Giglio. Un cielo sintonizzato nell'ora dell'assoluto silenzio meridiano, ma che si riempie di suoni quando, giunta l'ora del crepuscolo, lo scrittore volge il suo sguardo all'orizzonte, verso le altre isole dell'arcipelago toscano. L'Isola -circondata dalle sue cromatiche acque e dalla volta del cielo che si fa bluastra- assume i contorni di un luogo mitico, al centro di una favola antica, nel quale l'autore individua una certezza: «il luogo di nascita -scrive Arienti- giova all'essere umano per giustificare i propri intendimenti e discolparsi degli insuccessi e dei seguiti spesso disastrosi del proprio agire, dovuti invece alla propria grullaggine». L'Isola, da luogo di sicuro rifugio, diventa così anche spazio dell'anima, all'interno del quale si riscoprono le proprie radici. In questo senso Cesare Pavese ha scritto: «Un paese ci vuole, non fosse che il per gusto di andarsene via. Un paese vuol dire non essere soli, sapere che nella gente, nelle piante, nella terra c'è qualcosa di tuo, che anche quando ci sei, resta ad aspettarti. Ma non è facile starci tranquillo».

Arienti, in *S'arrangi allor quel grullo*, accompagna il lettore attraverso un viaggio al contempo metaforico e reale, rivelandoci, attraverso le sue memorie, fatti insoliti e accadimenti inaspettati tratti da un vissuto trascorso tra l'Italia e l'Austria. Amori, incontri e abitudini, oggi forse considerate fuori dal tempo, compongono un percorso commovente e suggestivo che ha come teatro i paesaggi aspri e assolati dell'Isola del Giglio e della bassa Maremma. In questi spazi si muovono curiosi personaggi, quali il novantacinquenne che si dice ancora sessualmente attivo, o la coppia dal forte accento romano che -in cerca di informazioni- dà vita a una scena tragicomica. Emerge così, dalle pagine del libro, la sottile capacità dell'autore di rendere suggestivi ed evocativi anche gli aspetti più banali della realtà di ogni giorno.

Arienti osserva infatti con attenzione il mondo attorno a sé e ci introduce ai valori e alle tradizioni dei luoghi del suo vissuto, come l'Isola e il mare della sua infanzia, luoghi che lo hanno visto formarsi. Attraverso il dialogo con se stesso e la stretta intimità con un Dio che assume un forte accento toscano l'autore rievoca, attraverso volti, parole e sensazioni sensoriali un mondo che gli apparteneva e che, forse, non esiste più. Un tempo andato che "attraversa" e che si riflette nello scrittore, perché egli ne è lo specchio e in esso si identifica. A tal riguardo basterebbe citare questo passaggio del libro: «Babbo mi disse una volta: -Quando te ne tornassi a casa stanco morto dal lavoro e ti presentarebbero un mezzo piatto di pasta e fagiuoli, che tu sii contento; se poi ci fosse pure un pezzetto di salsiccia, segno bono, tutto il resto vale un ette!

È stata ed è una delle più chiare frasi della lingua italiana, per il contenuto e la forma, che io abbia mai udito in vita mia. Quella è la mia lingua italiana, una lingua accarezzata dalla terra dal cielo dal mare dal sole dalla pioggia, una lingua sensibile che dice, gioisce, soffre e si ribella».

S'arrangi allor quel grullo è un viaggio attraverso la memoria dell'autore, che si fa leggere come un romanzo; vi si incontrano sentimenti contrastanti, nostalgia e sguardo ironico, vi si possono riscoprire espressioni e usanze che appartengono al passato, che ci commuovono, ci divertono e ci possono forse aiutare a comprendere meglio ciò chi siamo diventati, perché, pagina dopo pagina, il lettore è portato a immedesimarsi nella narrazione.

Remo Castellini

C'era una stella che danzava e sotto quella sono nato.

William Shakespeare

Pensierini

Di primavera i colori, gli aromi esaltano la bellezza della mia isola. Volgi lo sguardo per la campagna fin giù sulla marina, un'esplosione di tinte screziate seduce gli occhi. Inspiri per un attimo, un amalgama di profumi inebria la mente e godi la fragranza di essenze note e sconosciute. Sei rapito, non riesci a pensare, il tutto sembra non vero, irrazionale, ma percepisci la coerenza delle immagini e il segreto delle sensazioni. Disteso su un prato o appollaiato al sole a ridosso di una cote o di un palmento o di un capannello, sgretolati dal vento e dalla pioggia o per l'incuria degli uomini, ti si offre alla vista la briosa e meravigliosa esuberanza della natura. Sdraiato su un lastrone di granito, lo scopri comodo e sogni allora a occhi aperti, mentre una lieve brezza scherza sul tuo corpo. Siedi su una greppa ricca di gremigna, di un verde fervido, e non pensi che sia dannosa, da estirpare, la meravigli. Il sole ti stirizzisce e provi un indicibile senso di benessere. È un allegro e armonioso cinguettio dintorno, un febbrile e festoso zinzilulare, un frenetico svolazzare, un richiamo alla libertà, un invito alla fecondità, alla felicità. Protendi lo sguardo verso l'orizzonte. Il mare si presenta nella sua maestosità, un acquerello delicato nella dinamica dei colori riflessi, rasserenante per la calma oliata, esuberante per la burrasca spumeggiante, ricco di mirifiche albe e di vividi tramonti. Dal suo seno catapulta strisce di scogli marrone, ocra, nerastri, e ripe brulle lussureggianti di rosmarino e di cepite, in armonia con l'azzurro il turchese il verde e il grigio delle sue acque.

Era di primo pomeriggio. Mi ero incamminato per il tratturo che porta al Poggio delle Serre. Da qui una volta le capre transumavano verso la parte meridionale dell'isola, dove trovavano migliore foraggio e più abbondanza di acqua. Non era agevole il cammino. Alti scaloni tra spicchi di roccia sporgente alimentavano il fiatone. Non avevo fretta. A destra e a sinistra del sentiero, terreni incolti. Lungo la salita pruni dalle corte ma robuste e acuminate spine offrivano minute grugnole che, sbecchettate le gemme sul ramo, si erano schiuse al tiepido calore dei raggi del sole. Il finocchio selvatico, germinato tra l'erba di guaìme, presentava coroncelle rigonfie di umori. La lattaiola si proponeva dagli spacchi delle greppe nel verde sgargiante delle esili foglie e nel giallo paglierino del suo fiore. Il cipollaccio, lo scapo eretto e glabro, sfoggiava fiori oviformi d'un intenso violaceo olivastro e il suo bulbo offriva tegumenti rossoviolacei che si sposavano col giallo zafferano delle zoncole. Lungo il pendio del Poggio, che dava sul continente, rigogliva la macchia e da mezza costa fin sulla marina, fra gradoni e cacchioni, i filari bassi e tortuosi della vigna in vigore, sorretti da canne e calocchie incrociate, tracciavano geometrie nel coltivato trovando compimento su inaccessibili scogliere. In cima al

Poggio, la Casaccia. La porta di entrata non aveva la serratura, era tenuta ferma da una corda attorcigliata a una subbia. L'interno era spartano. Due pancacci corti e tozzi ai lati di un rozzo asse che serviva da tavolo ricavati da legno di castagno appena sbozzato, traballanti sul pavimento di mattoni rossi rosicchiati da scarponi chiodati. Sulla parete a sinistra dell'entrata una borraccia rivestita con salci e una lampada a canfino appese a chiodi arruginiti, e in una nicchia un paio di bicchieri e di piatti schigliati. In fondo alla stanza, dirimpetto alla porta, un angusto camino su cui erano agganciati una padella e una pentola, mentre da basso sulla destra poggiava un recipiente di latta con la scritta gialla "Acciughe salate" con il quale si attingeva l'acqua potabile sgorgante da una generosa sorgente ricoperta da un arco a lastroni di granito. Un lettino di tavole sconnesse ricoperto da un pagliericcio ricolmo di festuche e di strame impreziosiva l'arredamento. All'esterno dell'abitacolo, un riparo dai venti settentrionali per il somaro: due pertiche conficcate nella terra a tre metri di distanza circa l'una dall'altra, fissate con corde di serracchio nel punto in cui facevano angolo con due robuste canne che partivano dalle fenditure di una parete di granito; altre canne, rivestite di frasche, ne acconciavano il tettuccio e i lati. Verso mezzogiorno vigoreggiava la vigna, tenuta bassa come nell'antica Grecia ai tempi di Teofrasto, e nelle póste, qua e là, l'immacolato colore dei fiori dei saraci era in grazia con il rosso viola dei fiori dei peschi. Sui lati interni di ogni pósta lussureggiavano le carciofaie, e i solchi ricchi di stallatico nel mezzo del coltivato davano rigoglio alle fave, maestose nel leggero movimento della chioma appena accarezzata da una bava di vento.

Mi sedetti sul muricciolo che limitava la tinozza scalpellata nel granito ove a metà settembre si pigiava l'uva. Il mosto veniva svinato tre giorni dopo e trasportato in ghirbe di pelle di capra nella cantina al Paese, mentre un mastello della bevanda di Noè, allogato su uno stretto catastale in muratura all'interno dell'abitazione, rallegrava nei periodi della zappatura e delle semine le stanche serate del contadino.

Chiusi gli occhi. Il tepore del sole evocava immagini. Un tardo pomeriggio di fine Ottobre. L'estate sembrava che non volesse interrompere il suo corso quell'anno, e appagava i sogni. In giro per l'isola coltivavamo il nostro segreto; sì, un segreto, ché le nostre famiglie erano in contrasto e mai ci avrebbero compresi né accettati. Eravamo felici, ci bastava stare insieme. Sentivo ancora lo scalpiccio dei suoi sandali sul vecchio lastricato che accompagnava i nostri passi verso la punta di Capel Rosso. In una cavità della rupe scoscesa che sovrasta le pianare furono palpiti di dolcezza, e, cullati dal sommesso sciabordio delle onde sugli scogli, vagheggiammo il tramonto. È indescrivibile il tramonto in questa parte dell'isola, sferzata dal libeccio, dallo scirocco e dal foràno. Il mare luccica, brilla, scintilla, sprizza miriadi di stelline colorate, e, mentre la volta del cielo si fa bluastra, l'orizzonte sulla dorsale della Corsica, ingemmato di tinte timide e vaghe, esplode in una sequenza di colori vividi, appassionanti, confidenziali che inteneriscono.

Un fruscio alle mie spalle. Mi voltai. Forse un topo, forse un coniglio, forse il rincorrersi di qualche lucertola, forse una serpe disturbata dalla mia presenza.

Al centro della vigna, una superba ficaia. Cresciuta a ridosso di un'enorme cote, alla cui base era stato costruito un piccolo forno a volta per la cottura del pane, per l'essiccamento dei fichi e dei pomodori pallini, stendeva la chioma per alcuni metri nel lavorato, i rami sorretti da forche di scopo piantate per terra a mo' di pergolato. Il contadino, stanco pel lavoro, nella tiepida penombra del fico si sedeva su una balla, si appoggiava alla dura sella dell'asino ammorbidita dalla giacca piegata in quattro, riposando la schiena ormai ricurva per lo zappare, accendeva e teneva nell'angolo sinistro delle labbra, arrotolata nella carta gialla, un mezza sigaretta di foglie secche di vite e trinciato. Altre volte tirava fuori dal tascapane la pipa ricavata da una radice di canna, aspirava il tabacco miscelato a foglie di timo, sprigionando dalla bocca densi sbuffi di fumo. Si sgranchiva, si copriva gli occhi col berretto e si assopiva per una mezz'ora.

Credetti di vedere Demetra dispensatrice di frutti e fiori felice per il ritorno di sua figlia Persèfone dall'inverno, e Ishtar, la grande madre, principio e sorgente di vita, la regina dei segreti dell'inconscio, la mediatrice che dà e toglie la vita e la morte, vicina al lungo e fangoso pozzo dell'orto, che mostrava sul palmo della mano sinistra il fiore dei fiori, il fior di loto.

Negli appezzamenti abbandonati i primi papaveri in fiamme ondeggianti su gracili steli, e nelle valli scolmatrici il narciso, dai bianchi petali orlati di giallo mimosa, nella loro travolgente e vulnerabile bellezza erano un inno alla natura. Quaglie balzellavano, spiccavano brevi voli atterrando poi oblique nel verde del pancastrello scurito da carboni smistati dal vento. Percepivo la serenità, la quiete, il dinamismo, la regalità della natura priva di sfarzo.

D'un tratto nel cielo una figura, esile, zampe slungate e becco dritto, che tagliava l'aria.

Una cicogna.

Si dice che una volta fossero le cicogne a recapitare ai

genitori i bambini avvolti in un canovaccio, mentre ai nostri giorni non li portano più. Io, a quest'ultimo assunto non ci ho mai creduto e tale credo mi è stato suffragato dalle confidenze di un amico, entusiasta cultore di antropogeografia, la disciplina che studia la distribuzione degli esseri umani sulla terra e la reciproca influenza tra uomo e ambiente. Non chiedetemi chi sia, vuole rimanere anonimo. Mi ha confidato di aver scoperto nel corso delle sue ricerche che in circoscritte comunità chi desidera un bimbo può realizzare la propria ambizione indirizzando nelle sere di plenilunio una sincera, fondata e responsabile richiesta al dio delle cicogne. Non tutte le richieste sono assecondate, si dice, per difetto di garanzie sul futuro del bamboccio. Per celestiali causali tale richiesta diventa automaticamente ciclica e mette in moto un meccanismo per cui ogni nove mesi una cicogna si appollaia sul comignolo della casa designata recando un nuovo pargoletto. Per disdire siffatto dono, nelle sere di novilunio, urge rivolgersi al nume con un sollecito mentale, serio e motivato, di fine rapporto.

Quanto efficienti, economici e da meravigliare sono questi aeromobili viventi! Chissà quante miglia di volo percorrono prima di giungere a destinazione. Sfilano per il cielo, eleganti, il becco sorridente, seguendo rotte precise senza il soccorso di un sistema di navigazione satellitare, atterrano puntuali sui comignoli dei camini, lasciano scivolare delicatamente nella canna fumaria il fagotto col pargoletto, e il bebè, fuligginoso, raggiunta la base del focolare, vagisce con tutta l'aria che ha nei polmoni, attirando l'attenzione dei genitori.

A questa notizia ne sono seguite altre due.

La prima è che le cicogne non hanno l'esclusiva di questa missione. Anche i cavoli ne hanno il mandato, quelli a foglie larghe grigionerastre o nere, sotto le quali i bambini, al riparo dalla pioggia e dalla vampa, nascono sempre al momento della raccolta. Donne e uomini si riversano allora sui campi che hanno lavorati e seminati insieme, identificando istintivamente o per certe caratteristiche facciali il proprio rampollo. Si dice che ci siano state dispute con alzar di voce e peggio per legittimare il proprio erede, problema che non esiste per chi possiede un orticello con una bella pianta di cavolo nero.

La seconda è la pressante concorrenza alle cicogne e ai cavoli, nella dinamica delle nascite, di una fantomatica associazione non profit con finalità umanitarie, la Congregazione del Pozzo, contattabile solo a stretto giro di conoscenze. I suoi agenti prendono contatto con genitori disperati o in speranza, ai quali, dietro una simbolica offerta e soltanto un giorno prima dello scadere dei nove mesi ipotizzati dalla natura, verrà indicato il pozzo scelto a concretare il loro sogno, un erede. Il frugolo verrá al mondo nuotando. Mamma e babbo saranno avvisati del dolce evento da squillanti e ripetuti vagiti. Senza indugio il padre si cala allora nell'arcano dell'acqua, agguanta il neonato avvolgendolo in un capiente asciugamano, risale con mille attenzioni, ed eccolo qua il bimbo piagnucoloso, vispo e affamato che si attacca, ghermendola con una manina, alla nenne della mamma in un impegno gastronomico senza fine. Guai provare a fargliela mollare!

Com'è possibile? Potere e virtù della natura. Parti gemellari? Solo su sensata richiesta.

In tempi modernissimi la ricerca scientifica ha individuato e posto in essere metodi riproduttivi sensazionali. Uno tra questi è rivoluzionario, efficiente, addirittura a buon mercato.

In certi negozi di cui mi sfugge il nome, autorizzati dal Dicastero della Pubblica Salute, sono reperibili nel reparto "surgelati speciali" contenitori con ovuli umani fecondati, quasi sempre in offerta considerato il costante calo delle nascite. Ogni contenitore è etichettato distintamente da colori: rosa per una femmina, blu per un maschietto, giallo per due femminucce, rosso per due maschietti, verde per una femmina e un maschio. Non sono previste nascite plurigemellari. Sotto l'accurata sorveglianza di una coscienziosa commissione ministeriale, l'ovulo viene prelevato dal contenitore con le doverose precauzioni, inserito in un apposito microonde che può essere affittato solo in loco dopo aver stipulato alla presenza di un notaio un contratto di locazione per la nascita del bebè, nascita che può variare nel tempo, in base ai desideri genitoriali, da un secondo fino a nove mesi. Il microonde è dotato di tasti rotondi, quadrati e triangolari, di numeri e spie luminose, essenziali per una corretta e gradita selezione della prole. Valutare con la massima attenzione le avvertenze e modalità d'uso. Può essere determinata dagli interessati una struttura slanciata, tracagnotta, bassa, alta, il colore della pelle, la tonalità dei capelli, e, significativo, le qualità intellettive e caratteriali degli agognati nascituri. Non solo, si può decidere, prodigio della scienza, addirittura la professione dei nascituri, se affaristi, agronomi, assassini, attori, avvocati, ballerini, barboni, bischeri calciatori, camerieri, cantanti, carabinieri, cardinali, ciclisti, commercianti, contadini, cuochi, elettricisti, enologi, esattori, fabbri, falegnami, idraulici, industriali, ingegneri, insegnanti, ladri, macellai, magistrati, marinai, medici, meccanici, ministri, muratori, musicisti, notai, operai, pastori, pescatori, piloti, pittori, playboy, politici, pornoattori, presidenti del Consiglio, preti, rivoluzionari, sciatori, suore, tronisti, veline, vescovi, o altro, potendo i genitori realizzare così i propri sogni non realizzati. Un dato sui tempi di nascita secondo la scelta professionale della figliolanza: un secondo per un politico, un playboy, un pornoattore, un tronista, una velina, una scambista e un bischero. La Nascor, ditta promotrice di tale procedura, che si avvale dell'assistenza dei più validi luminari dello studio sulla riproduzione umana, garantisce il buon esito del risultato al mille per cento.

Da un sondaggio risulta che il novantatré per cento degli intervistati a causa dei ritmi logoranti di vita imposti dalla società moderna trovi queste quattro procedure per la procreazione raccomandabili perché più funzionali, pur se meno dilettevoli per un fatto fisiologico, del fare sesso.

Ciance, panzane? È tutto vero.

Che la brioscina e il cornetto servano a fare la pipì, è un dato di fatto, un andamento naturale a volte così impellente che il trattenerla fa soffrire le pene dell'inferno soprattutto quando nei centri abitati non esiste un servizio pubblico all'uopo o non ci sono indicazioni come e dove raggiungerlo. Molte volte si è costretti a entrare in un bar, consumare un qualcosa, chiedere se si possa usufruire dei servizi igienici per riuscire finalmente a espletare il proprio bisogno. Purtroppo non di rado sulla porta del gabinetto si legge scritto: Guasto! Non è guasto, non si vuole un viavai di utenti, e così siamo daccapo. Che fare? O ci s'irrora, o in piena sofferenza si tengono le mani premute sul basso ventre costretti a camminare a passettini stringendo le chiappe e sperando di trovare al più presto un posto dove ci si possa liberare di quel peso, e così o ci si apposta dietro un albero o ci si appiccica a un muro nella speranza di non essere presi in fallo. Per tali misfatti piovono critiche, censure e sanzioni anche quando l'interessato è un bambino.

A proposito di bimbi, avete mai cambiato il pannolino a un neonato? Sì? Allora avrete notato che il suo ciliegiotto, oltre ad essere inzuppato, è spesso ritto come un birillo. Ho sentito dire che questa postura sia dovuta a un indefinibile stimolo carnale e che per lui sia già iniziato un pedissequo noviziato erotico. Docenti? Le mamme. Basta ascoltarle mentre cambiano loro il pannolino o dopo il bagnetto. Per evidenziare la loro materna adorazione, sciorinano, chissà perché, sul pisellino, soggetto e oggetto di analisi e valutazione, le più originali stravaganze verbali: bello il mi' ceciangrano, peperoncino, cetrioluccio, cipollaccio, fagiolotto, passerotto, lucertolino, lepracchiotto, serpentello, topolino, tonnarello, zanzarone. Elementari e metaforici ripassi di botanica e zoologia. Poi in crescendo carezze, baci e controbaci su quella parte anatomica, e mentre il bimbo sorridente gorgoglia preconizzano orgogliose "bello il mi' fringuellaccio, ma che gli farai te da grande alle ragazze con questo zuppa e mangia", rimbrottandolo amorevolmente e raggianti "ma guai a te se me ne porti solo una in casa!". E quando darà il primo bacetto alla figlia di una loro amica, fiere, gli occhi chiusi, sospireranno ché vedranno già in lui un futuro superbo gallo della Checca. In età scolastica, ci mettono al corrente i sessuologi, i sensi sono confrontati ogni giorno di più con pruriginose situazioni che stimolano la carne, inaugurando una tendenza il cui obiettivo è quello di esplorare e assaporare il mitico e arcano paradiso, l'eros. L'esordio sembra o è una bagattella: una sbirciata birichina si posa sulle ginocchia che fanno capolino da una gonnellina, e una manina si attiva per gioco sull'orlatura del vestitino. Da grandicelli ci si attiva a sollevare con solerzia quel lembo e si cerca con cosmetica perseveranza e pervicacia di entrare in contatto con la favoleggiata e straordinaria latèbra. Si soffrono, beata tribolazione, insuccessi e sconforti, ma non si rinuncia a realizzare quel compimento reclamato dalla natura, un po' sprovveduta in questa fase, ma sempre più perspicace e smaliziata di giorno in giorno, in perenne e costante fermento. Il frutto matura. È delizioso, succulento, appetitoso. Non c'è frutto che regga. Contenuta è agli inizi la propensione al frutto esotico, si privilegia il nostrano, più garantito. L'appetenza cresce, tracima e con dovizia di accorgimenti si vuole partecipare attivamente mai satolli e senza tregua all'agape. Non si pongono limiti di orario al desco. Qualora fosse possibile anche per ventisei ore il giorno, due ore di volontariato straordinario, per un principio sociale, il rendere felici gli altri, nonché per brama di cultura e acquisizione di competenze. L'opzione a tempo continuato è la preferita, appunto, quella a orario ridotto non viene per nulla presa in considerazione. È accettata, giusto per rifiatare, quella a orario cadenzato o flessibile. Impensabile e punto praticata la pastóia al fare sesso nel fine settimana, di quaresima e durante le feste comandate. Proprio in tali circostanze si è effervescenti come l'idrolitina, e, non è un paradosso, ci si rilassa facendo sesso. Lo sciopero, la cassa integrazione, il Tfr e la pensione in tale contesto sono termini allògeni. Le astensioni sono dovute a imprevisti. Secondo uno studio, donne e uomini dalla pubertà assicurano di essere risoluti, dinamici ed efficienti garanti a tempo pieno della gestione di tale esercizio.

Per una verifica ho chiesto a un novantacinquenne:

- Ma te, con il sesso, come va?

- Che la se' venuto a coglionammi? Senti, io non la di'o tre o quattro volte al giorno solo pecché l'ho qualche problemino di fiato, ma una, una e mezza, allegramente.

- Una e mezza?

- Ma vaff…

Sbalorditivo!

Notizia dell'ultima ora: secondo i risultati di un sondaggio condotto da un nutrizionista, il mutamento delle abitudini alimentari della famiglia complessa, nucleare e mononucleare, il nutrirsi con alimenti già pronti e il dimezzarsi del tempo di cottura del cibo con un bonus di maggior tempo libero a disposizione, è dovuto alla propensione a fare sesso, e non allo stress della vita moderna.

Fare sesso è il presupposto del quotidiano, gradito, appetitoso, delizioso e benefico per finalità terapeutiche. È l'ineguagliabile ideale e percorso di vita da abbracciare e professare, il catgut che unisce e ottimizza i processi comunicativi ed evolutivi, il pace-maker dell'istinto e della ragione.

Quando passano davanti a noi una donna o un uomo, i sensi, indefessi collaboratori del sesso, sono d'un subito in prima linea, operando con ardimentosa e straordinaria alacrità. La vista, un rilevatore ad alta sensibilità nonché il più impudente e sfacciato dei conniventi, sottopone gli indagati a rapidissime indagini sbirciandoli e approfondendo dipoi la propria azione con una tac verticale e orizzontale, fulminea. Nulla le sfugge e trasmette prontamente ai complici ricchezza di informazioni e deduzioni senza imbarazzo, certa di un incontrovertibile consenso. Immediatamente l'olfatto si mette all'opera e fa sua la fragranza dei corpi, e, mentre il tatto e il palato impazienti sono pronti a scattare, l'udito già gode per un timbro di voce che ha sempre vagheggiato. Il tutto si condensa in riflessioni, molteplici, esclusive, segrete e manifeste.

- Che mela! - sentii dire una volta, un complimento indirizzato alle affascinanti, allettanti, incantevoli, favolose chiappe di una scutrettolante bellezza. Si potrebbe ritenere sgarbata una simile espressione, ma non ne sentite la forza espressiva e quel senso così schietto e spontaneo di briosa vividezza? Allora, non siamo tartufeschi. Mela, come luna piena o chiar di luna, rende almeno un'idea di quella generosa, deliziosa, raffinata e simpatica bulinatura. Oggi si parla di lato b. Lato b no, per favore! È un'offesa al fascino e all'eleganza di un tuttotondo modellato e cesellato da madre natura, in cui con armonia si sposano sensuali e aggraziate movenze. È una volgare oggettivazione della sensività estetica, fertile di riprovevoli congetture. È scandaloso, anzi orripilante, semplificare una meraviglia del creato a un banale, piatto e antipatico dato geometrico. E che, quando l'occhio vi si pone, mica dobbiamo svolgere un compito in classe, in cui si deve calcolare la lunghezza, l'altezza, la larghezza, l'ipotenusa, il raggio, il perimetro, la cubatura, la circonferenza e pure il luogo geometrico dei punti di un delizioso e ammaliante sederino! Quell'appellativo è un apprezzamento fatuo, goffo, villano, carente di rigogliosa e deliziosa fantasia, granguignolesco.

Donne e uomini, sdraiati su un prato al sole, a spasso sotto la pioggia al riparo di un ombrello, seduti su una panchina, per strada mentre conversano seri o sorridenti, sul tram, nella metropolitana, al bar mentre spilluzzicano un tramezzino o gustano un caffè, in biblioteca, all'università, in un negozio, in chiesa, a teatro, all'ospedale con quei dottorini che si muovono impettiti e con la testa ritta come i billi e le dottoressine e le infermiere che sculettano come le ballerine di carnevale a Rio; uomini e donne si sottopongono all'altrui considerazione con piacere e impegno, a ritmo intenso e travolgente, solo per una pulsione di natura. O mi sbaglio? Il venire incontro alle imperiose e travagliate sollecitazioni della carne, anche se per speculativa curiositá, è un caposaldo della natura umana, e i sessi, vulcani di attività indotte a stento tenuti a freno, ne sono consapevoli, tanto che, risolti peculiari conflitti etici o sociali, sguazzano con dovizia di sfumature nel mare dei desideri. Tuttavia sarebbe debito o almeno utile nell'appagare le aspirazioni e i capricci della ricciolina e del peperoncino, straordinari veicoli di sublime piacere, munirsi di chiarimenti, precauzioni e responsabilità, anche se molti si ritengono abilitati alla di loro fruizione senza condizioni. Fare sesso, un assioma di fede assoluta curato, rispettato e seguito, è un opificio le cui allettanti dinamiche di esercizio, esecuzione e compimento sono apprezzatissime da uomini e donne che si prodigano con caparbia ingegnosità, strenua costanza, a farsi coinvolgere in tale appetitosa attività. Variano gli incipit e gli adempimenti. Non esiste l'esclusiva, la deregolamentazione regna. Siete in discoteca con la vostra superdolce metà, vi avvinghia, vi sviolina, vi screma, vi mordicchia l'orecchio, vi sfiora con labbra calde e voluttuose e vi sussurra: il tocco delle tue mani mi fa impazzire! Comprimerà il volto sulla vostra spalla. Bramosia, frenesia, struggimento e diletto vi prendono, siete nell'ottavo cielo, percepirete un suo fremito, poi un altro e un altro ancora. I fremiti non erano per voi. La vostra lei sta occhieggiando un lui, il vostro lui una lei. Vi dirà: - Scusa, ma sai… la pipì. Ha già preso il volo.

La scappatella, il filarino, è un momento di fragilità, un incidente di percorso; un qualcosa cui nessuno pensa, che nessuno vorrebbe porre in atto ma che, maledetto destino!, capita purtroppo; un banco di prova, stuzzicante, emozionante per la suspence come un libro giallo; un'eroica pregevole e altruistica evasione dalla normalità, una virtuosa inclinazione, che fa partecipare altri dei più nascosti capricci erotici, per cui non c'è niente di male, anzi: una ragionevole profilassi contro il nascere e l'evolversi di stati ansiosi. Tonica e neurolettica seda appunto ansie e nervosismi, ma senza nocumento di lucidità, tanto che per non aggravare tali malesseri si adescano aspiranti amatori, sostituiti poi in serie come un rasoio usa e getta o lampadine fulminate. È l'ornamento, la perfetta rifinitura, il geniale tocco fantasia per ottimalizzare una relazione, il fiore all'occhiello del grande amore.

Quando esco da casa, tesoro mio, e scendo alla marina e mi accovaccio tra due scogli o mi sdraio sulla spiaggia al tepore del sole e respiro il salmastro, o gironzolo per la pineta o lungo una mulattiera, o siedo su una panchina o m'intrattengo in un bar, e m'imbatto in vecchie conoscenze o ne abbordo di fresche e sparisco per giorni e mi lascio palpeggiare e baciar sul collo e ci faccio sesso con impegno e ardore ma senza coinvolgimento sentimentale e poi con un messaggio ti metto al corrente che mi travagliano problemi psicologici o che sto smaltendo una sbornia, ma che mi manchi, anzi, che mi manchissimi, e mi ripresento come se nulla fosse successo per gustare insieme un caffè, sappi, mia dolce metà, che tutto ciò lo faccio e lo farò sempre solo per mettermi in comunicazione con il mondo e che solo te sei l'unico mio grande amore.

L'aperitivo una volta si prendeva al bar prima del pranzo assieme alla moglie, alla fidanzata, agli amici, per stimolare l'appetito fra una chiacchiera e l'altra, un qualcosa di carino, di originale, un'esclusiva della domenica, dopo la messa delle undici. Oggigiorno il consumo di stuzzichini e di bevande alcoliche e analcoliche ha perduto quella connotazione, è peculiare della sera già tre ore prima della cena, una corretta terapia immunologica contro stati di angoscia dovuti a deficit di amore. Le file di fighini tarati e di fighette truccate alla semi-emo, rossetto e unghie smaltate di marrone-rosso vampiro, fasciate da aderentissimi e pepati cartografici leggings che non occultano spiagge insenature e scogliere pura natura, un invito a naufragarvi con delizia e appagamento, sono una via lattea, infinita. Si assiste a un antitetico spogliarello di massa di figlie, madri e di nonne che si danno da fare fuori e dentro i bar. Intorno ai banconi e ai tavoli imbanditi di bocconcini è un reiterato starnazzare, chiocciare, cinguettare, pavoneggiare. È la pertinace caccia al tesoro. Si rimorchia e ci si fa rimorchiare, a ruota libera, un prestigioso e licoressico assunto di vita, una struggente ricerca del piacere a buon mercato. È il soggetto del quotidiano, il plastico dell'affrancamento sociale, l'ostentata burbanzosa e magnificata emancipazione.

Il sesso, nella dinamica della domanda e dell'offerta mai al ribasso, è l'unica attività al mondo che non avrebbe bisogno di annunci promozionali. Ma, date le distrazioni che la società moderna offre, la comunicazione mediatica, la più sentita e consueta forma di trasmissione e di diffusione del pensiero, spinge verso una più intensa attività sessuale. Tale sprone ha sortito effetti sensazionali: le linee maginot poste a guardia del sesso sono state debellate, e l'umanità, pioggia neve o vento, si tuffa a ritmo incalzante in un'eccitante e straordinaria attività erotica. Forse si esagera un pochino col sesso, ma come dice un vecchio adagio? Ogni lasciata è persa.

Il battage e un linguaggio ad hoc, necessari per promuovere vendite eventi spettacoli cultura e intrattenimenti, sono gli strumenti utilizzati per quadruplicare l'offerta e la domanda sessuale. Conferme? A iosa. "Averla è facile, chiedimi come", messaggio promozionale di una spilla in un megastore nella città del Dante nazionale: una variante linguistica grossolana, irriverente, velata ma inequivocabile di commercializzazione sessuale. Navigando su internet mi sono imbattuto nel sito "Teladoiofirenze". Non ho avuto la curiosità di sbirciarvi, ché la dicitura mi sembrava chiara, poi ex abrupto un sospetto e una breve riflessione: che qualche zuzzurellone abbia giocato con il nome della città per attirarvi turisti? Non può essere. Qualche giorno dopo, un amico, quasi fosse telepatia, mi ha inoltrato copia della prima pagina di un quotidiano: - Teladoiofirenze: capoluogo toscano invaso da turisti. Caos e tafferugli in piazza della Signoria. Coinvolti torelli bolognesi, maremmani e sudamericani. Ordine pubblico ripristinato solo a notte inoltrata da cinque plotoni del corpo speciale della Forestale, il C.D.P.C, Centro difesa di passera cittadina. Laddove ci sia uno spazio libero, sono indirizzati alla nostra attenzione chiappe, cinciallegre e seni ad arieggiare, appena ricoperti da un frammento di stoffa trasparente, biancastra, verdognola, il più delle volte rossastra; e glutei muscolosi, bicipiti tricipiti e quadricipiti oleati, petto ben rasato, pube rigonfio, per pubblicizzare auto, aerei, treni, biciclette, mare, montagna, laghi, libri, cinema, teatro, pasta, riso, sughi, acqua, birra, vino, caffè, tè, tisane, marmellate, caramelle, dolci, gelati. Detto con parole scabre, è il caloroso e gioioso richiamo alla convergenza dei sensi su insalatine fresche e tenere e stuzzicanti ravanelli.

Giorni fa con un collega aspettavo sotto una pensilina l'arrivo del tram. Davanti a noi un cartellone pubblicitario: un'auto sportiva, rossa, e, sdraiata sul cofano, una cignalona (non me ne vogliate, donne, per tale frizzante voce paesana, che denota ammirazione per la grazia e il fascino del vostro sembiante) velata quel tanto per non dire che era nuda.

- Che carrozzeria!

- Che macchina!

- Che telaio!

- Oggigiorno ci sono auto che ti fanno sognare.

- Unn' hai capito una sega, io parlavo della ragazza.

Il linguaggio d'amore da tempo presenta tonalità e nuances del tutto nuove. Una volta, appena svegli, si sussurrava alla dolce metà un romantico buongiorno fiorellino gattina micetta passerotta farfallina pisellotto ingordoncello. Oggigiorno si enfatizza: buongiorno batacchione, blekkendekker, stantuffo, martellaccio, superpassera, patonzona, bella la mi' maialona! È chiaro, c'è un nesso tra parole e atto: fare l'amore è antiquato, è quasi obsoleto, si preferisce fare sesso, un impatto macchinale senza affettuosità, un mero godereccio appagamento carnale. Prioritario è il placare gli appetiti e le foie con impudenza e articolato libertinaggio. Ho letto su una rivista, "Sesso a tutto spiano", che fare l'amore è cervellotico, e che l'amplesso dura tutt'al più sul minuto, con spesa generosa di diciotto calorie, e chi arriva sui novanta secondi, che legittimano un orgoglioso primato, ne brucia appena due in più. Una perdita di tempo. Fare sesso, invece, non solo prolunga i tempi di esercizio, e se si verifica per caso o intenzionalmente con i professionisti dell'erotismo, gli accarezzapassere, azzittamonache, amanti riciclati, zerbinotti, i bellimbusti, casanova, cascamorti, cavalier serventi, cicisbei, civettoni, damerini, dandy, dongiovanni, donnaioli, farfalloni, gagà, ganimede, latin lover, libertini, mosconi, paini, pappagalli, playboy, puttanieri, rasagnoli, rasponi, rubacuori, sciupafemmine, sollanzapatonze, sventrapapere, toyboy, vagheggini, vitelloni, sfiora in bellezza la mezz'ora con esborso salutare di seicentosessantasei calorie. In una città italiana, di cui mi sfugge il nome, ritenuta l'alcova dell'eros e della gastronomia (ars amandi e ars culinaria è l'accoppiata vincente per chi anela al top del piacere), da ogni parte dello Stivale sono convenuti per un congresso sull'arte amatoria affidabili e garanti dispensatori di godurie. È stato promosso anche un centro culturale, tutto è cultura oramai, il "Circolo del moscardino", con un sito omonimo su internet, in cui si offrono, dietro iscrizione e un contributo, eccitanti prestazioni erotiche à toute heure. Questi moderni playboy, insipiente patetica e boriosa figura di amatori, volgari e, permettetemelo, stronzi, però più volgari e più stronzi sono più invogliano, tipi riprendendo la definizione di un giornalista sui news playboy anni settanta "antropologicamente in decomposizione", sono congeneri a quei frenastenici maniacali che guardano sotto la gonna delle donne quando queste salgono in macchina, sulle scalette di una nave o sulle scale mobili nei centri commerciali. Malgrado ciò, la Penisola, isole comprese, è in subbuglio. Il post è stato condiviso, milioni le registrazioni. Amaro futuro per profluvi di mariti, compagni e fidanzati. Gaudenti cenacoli per scalpitanti ed entusiaste fautrici di stuzzicanti mene extra relazionali.

Registratevi su un social network, un servizio, si dice, che permette di riallacciare e riapprofondire i contatti con vecchie amicizie e di allargare la cerchia degli amici con gli amici degli amici, all'infinito. I propri nomi spesso sono cambiati, così non si viene riconosciuti, quelli stranieri tirano di più: Agnes, Conchita, Christina, Delicia, Immaculata, Ines, Letitia, Cisco, Johnny, Leon, Max, Nikkola, Richard. Fotografia di lei: petto e cosce al vento, con riflessi fondali fossa delle Marianne per immersioni in assetto costante, durevoli, intense, lucrative e ricche di sorprese. Fotografia di lui: sopracciglia spinzettate, occhialini da sole sui capelli impomatati e ispidi come gli aculei del porcospino, tatuaggi da richiamo, un merlo, in tutti i sensi. Interessi di lei e di lui: musica seria, cinema serio, teatro serio, letteratura, storia, religione, filosofia, psicologia, coinvolgimento in attività umanitarie, volontariato, e, tra i preferiti, in grassetto maiuscolo, uomini o donne. Ci si rende conto che è il nutrirsi di un sogno in cui le fantasie frullano, s'intrecciano e si realizzano. Non solo, è un nitido invito a offrirsi, a liberare desideri e istinti, il più delle volte con dettagli e sfumature esclusivi, nel segno ipocrita di una inattendibile vera amicizia. È un tripudio. Il messaggio è recepito e accettato senza remore. Donne e uomini moderni si postano così. Nella mia ignoranza non sapevo che postare significasse presentarsi, conferire, inserire un messaggio, una notizia, mostrare una foto o un video su internet. Avevo la falsa convinzione che valesse andare alla Posta, addirittura che significasse trovare alla Posta alcuni locali a disposizione degli utenti, in attesa del proprio turno, per una partitina a carte o a bigliardino. Ora so.

Comunicazione scritta tra amiche via internet.

- Ho conosciuto uno.

- Nommi dire, comè?
- Mi piace!
- Ma comè!
- Un figo, uno skianto. Grande!
- Come si chiama?
- Johnny.
- Cool! È Inglese?
- È nostrano!
- E?
- Sì!
- Davvero?
- Sì… ma senza impegni.
- Wow! E dove?
- A casa sua!
- No!
- Sì, vive solo!
- Ke figata! E ora?
- Siamo grandamici.

È il non plus ultra dell'arte comunicativa. Dell'accettazione. Dell'amicizia. Della superficialità. Ci s'incontra, ci si saluta, si fa sesso e si è d'un subito grandi amici. A me per costruire una discreta amicizia con una donna ci son voluti trent'anni. Che sfiga, non avevo internet.

Siamo seri e rispondiamo a questa domanda: esiste da parte di due eroi una reale disponibilità a sottoporsi alla strapazzata di un atto sessuale, soltanto, e puntualizzo il soltanto, per mettere al mondo figli? Conoscendo certi impulsi e certe innegabili inclinazioni della donna e dell'uomo, ma anche la loro patente leggerezza nel sottovalutare futuri rischi e incognite che tale richiesta comporta, la risposta è comunque una: orcaloca!

Mi sento tuttavia in dovere di portare all'attenzione di chi consapevolmente si accinge a voler mettere in atto il proposito di procreare il ponderare il tutto con assennatezza, senso di responsabilità e lungimiranza. Consiglio di leggere e tenere in quotazione certe considerazioni soppesate nel Patonziere, un opuscolo non reperibile in libreria ma con il passaparola tra gli amici degli amici. L'opuscolo, sempliciotto e strampalato a prima lettura, ma ragionevole quanto basta, è pensato per risoluti futuri genitori sia sposati che accompagnati, fidanzati o fresche conoscenze da bar. L'autore è anonimo, ma, secondo indiscrezioni, si tratterebbe di un certo Ric, un campione di sconcezze dell'era 1.0, 2.0, e quelle da venire, 3.0, 4.0 e 5.0, arrogante, bugiardo, dozzinale, narcisista, stomachevole, un imbecille, ecco, un bravo ragazzo, e, redivivo Encolpio, alfiere di concupiscenze nonché pruriginoso emulo dell'insaziabile e disinibita Quartilla. Già durante il fidanzamento ufficiale il performer, esternando con ipocrita vittimismo per destare commiserevole comprensione il doversi ammogliare, ha professato assiduamente e avidamente l'atto sessuale, oltre che con la futura sposa, con altre donne, in macchina, in camere d'albergo, in montagna, sulla spiaggia, lungo fiumi e torrenti, nei boschi, sui prati, nei parchi, in cantina, fino a due giorni prima del proprio matrimonio, e lo praticherebbe ancora con tenacia, senza promesse vincolanti dato il rango imenáico, con allupate e svenevoli quaranta-cinquantenni che scimmiottano, ridicole e patetiche, le ragazzine, dispensando loro, deliziosa missione di sensibilità sociale, "elettrissanti" ore di passione e di godurie. Voci riferiscono che nel corso degli anni abbia dato con munifico zelo un pervicace impulso al ripopolamento nel luogo natio e abbia frequentato e frequenti ancora, anfitrione graditissimo anche per questa incombenza, povere anime in pena nella rinomata "Perla" dell'arcipelago Toscano. Mi sia permessa una considerazione: non percepite la maliarda sfumatura dell'aggettivo "elettrissanti" con la doppia esse che ammalia, un mélange voluttuoso e armonioso di musica e parola, un sollucchero sofrologico di piacere e di riequilibrio psicofisico, che suscita appetiti e invita all'eros, al limite della lipotimía? Per concretizzare quell'ambizione, il tutto, a detta del Maestro, e gli sia concessa tale legittimazione, dovrebbe principiare nella criptica atmosfera della bruma serale di un borgo medioevale, che strega la mente e il cuore, seduti su gradini di granito davanti a un bar ad assaporare un bianco, mentre ombre allacciate appaiono nella timida luce di un vecchio lampione e scompaiono nei vicoli bui e misteriosi. È il frangente ottimale per bombardare di occhiate eccitanti la dolce metà, incoraggiando, e non è semplice, il desiderio di un amplesso solo in ottica concepimento. Poi, quando i pori della pelle cominciano a prurire, sorrisi e sguardi a occhio di lince, ancora più sfrontati. Lusingare in modo maliardo e risoluto, ma senza essere impazienti, pietra basilare per il "sì, solo con lui, solo con lei!", l'apodittico compimento. In caso di altrui titubanza, mostrarsi teneramente suadenti. Conclusa con savoir faire l'ouverture, con la quale avete fatto capire che soltanto voi siete i designati, ricevutone un implicito o esplicito assenso, sondare con sfacciataggine se per la copula si predilige la posizione del missionario o particolari posture di modernissima tolleranza amatoria. Si può decidere per una sveltina o essere corsari nel mare del piacere con nuotate di fondo, insuete posizioni ispirate da travolgenti fantasie, e mordere, palpare, riprendere fiato, mugolare, gridare, ululare avvinghiati tra rivoli di fragrante sudore. In caso di lieve imbarazzo a quali opzioni affidarsi, il Magnifico, sublime e rodato nuotatore nell'oceano dell'estasi sessuale, consiglia di lasciar fare alla donna, più intuitiva nel capire la situazione e nel venire incontro alle più nascoste pretese. Durante l'amplesso esternare entusiasmo con stile e cuore aperto per il concepimento, mai simulare, se no niente figli, è documentato statisticamente. Non rompersi il capo né farsi prendere dal nervosismo per una non voluta quanto inattesa pochezza al primo tentativo. Come venirne a capo? Non desistere. Una volta concepito, sorvolare sulle saccenti valutazioni dei parenti, degli amici e dei conoscenti se la scelta del partner è stata ad hoc o fuor di luogo. Importante è solo il risultato. Dove capitolare a una così lodevole aspirazione? Il manuale non ne fa menzione, i futuri genitori troveranno opportuna sede. Tuttavia, sulla bicicletta è problematico, una grande prova di equilibrio instabile; in macchina è senza dubbio stuzzicante ma allarme rosso, potrebbe arrivare la Buon Costume, e non ci sono né se e né ma; infrascati in un canneto o tra i cespugli è originale, ma non soddisfacente per i pizzichi delle zanzare; in mare c'è il pericolo di affogare; sulla spiaggia si viene arrestati, atti osceni in luogo pubblico; sui prati è imprudente, rischio allergie, e impossibile trovarne uno libero non protetto: piante e fiori sono patrocinio ambientale, e ci scappa puntualmente una denuncia dalla Forestale; nel bosco è pericoloso, non sottovalutare la presenza di lupi, cinghiali, cervi, mufloni, istrici, orsi, rovi e ricci di castagna; in montagna fa freddo, sorge un grosso problema: non lo trovo; in cantina è magico e suggestivo, ma c'è troppa umidità e l'incognita del vino, si perde il controllo; a casa propria c'è il problema dei vicini che guardano la televisione e non vogliono essere disturbati, controllare quindi i mugolii prolungati, le urla, gli ululati, basta una telefonata anonima e si viene portati al fresco da agenti dell'antiterrorismo; a casa dei genitori munirsi di prudenza, controllo e scaltrezza, e non è semplice: primo, non quotare eventuali rimostrazioni della mamma - qui, a casa mia, mai successe cose del genere -; secondo, il letto, se non è stabile, potrebbe cigolare, sfasciarsi, se ne accorgerebbero tutti, dal nonno sordo che diventerebbe curioso al gatto permaloso e imbestialito pronto a graffiarvi per essere stato molestato nel sonno; terzo, potrebbero sorgere riottose manifestazioni di protesta da parte dei congiunti: a noi non è stato mai permesso! In albergo non va, si gioca fuori casa, non c'è atmosfera e costa troppo; in chiesa è peccato; al cinema ci sono troppi guardoni; da un amico si è soggetti a ricatto; a scuola si viene sospesi; in ufficio si viene licenziati per invidia; in ospedale è mancanza di rispetto per gli ammalati. Dobbiamo ammettere che in qualche posto ci si riesca pure, e, appena si avrà la notizia che l'ambito frutto è stato concepito, si presume che prorompa uno spontaneo entusiasmo con sussulti di gioia e di appagamento. Tuttavia, non sottovalutare certi fastidiosi extra che, quando si condivide il talamo, accompagnano il cammino della gravidanza.

Lui: che emozione, sono babbo, sono senza parole. È vero che l'abbiamo voluto, ma non sarà un po' troppo presto? È finita la pacchia. Dovrò esserle più vicino, a disposizione, non farla stancare, toccherà a me andare a fare la spesa, preparare la cena, lavare i piatti, passare l'aspirapolvere, pulire il bagno, lavare la biancheria, stirare, lucidare le scarpe, portare via l'immondizia; ridotte al lumicino le serate in pizzeria, le merende in cantina e l'aperitivo con gli amici, da dimenticare le feste in pigiama; addio alla partita di calcio allo stadio con bisbocciata finale fino a tardi, alla palestra, alla formula uno in tv sdraiato sul divano.

Lei: che felicità, sono mamma, lo diciamo subito ai miei e ai tuoi o fra tre mesi? Amore, ora non siamo più soli, non credi che dovremmo cambiare casa, se possibile con giardino, o vuoi che ci stringiamo ancora dividendo la camera da letto? E qualche giorno più tardi: oddio, la vacanza alle Maldive con le mie amiche! L'avevo tanto desiderata! Me la friggo con il pancione, e il fine settimana a sciare, il sabato sera in discoteca, la minigonna e i leggings attillati e le scarpe con i tacchi alti da sostituire, che orrore, con abiti larghi e pantofole. E poi, stanchezza, nausea già di primo mattino, abbassamento della pressione, sensazioni di svenimento, capogiri, mal di testa, palpitazioni al cuore, congestioni nasali, labbra secche, bruciori di stomaco, eruzioni cutanee, crampi e gonfiore alle gambe, vene varicose, smagliature sull'addome sul seno sui glutei e sui fianchi, dolori del legamento rotondo, fare pipì ogni cinque minuti, niente fritti o grassi, cioccolata, vino, birra, aperitivi, digestivi, caffè.

Nei mesi successivi gestazione tra stravaganze e originali richieste. Già a colazione: - Amore mio, che buone le nespole!, siamo a fine Novembre e lui prenderà il primo aereo per il Cile, là è primavera inoltrata; cinque volte a notte sveglie non sempre gradite: - Tesoro, ti piaccio sempre? E dimmelo, dai, dimmelo!-. Guardaroba da cambiare ogni venti giorni per vestire alla moda; attese snervanti durante le visite di controllo della dolce metà dal toccatopa o le sedute di ginnastica prenatale; nevrotiche riunioni di famiglia con madri, padri, nonni, nonne, cani e gatti sulla scelta del nome del nascituro; chilometriche ed estenuanti incursioni nei negozi per la scelta dei vestitini, unisex, blu o rosa, firmati o li firmiamo noi; la carrozzina, elettrica a trazione anteriore con GPS incorporato o a spinta a mano. I pannolini: amore mio perché non t'iscrivi al corso "per un pulito e profumato bel culino non c'è di meglio della mano di un babbino". Chi salterà dal letto la notte al primo vagito? Le pappine: solo con prodotti biologici freschi e controllati, quelli dal contadino alla tavola. La scuola: solo privata, daranno una mano i nonni. Dibattiti e contestazioni sul futuro del nascituro: una star della televisione, una star della formula uno, una star del calcio, una star della politica. Telefonino in perenne attività, le amiche e i parenti devono essere informati, trecento euro a quindicina. E ancora: - Non mi guardi più, stai facendo il cascamorto con le altre, sei un maschilista egoista, l'ho sempre saputo, dovevo ascoltare le sante parole di mia madre; non mi porti più a cena fuori, mi porti a prendere il caffè al bar sotto casa perché c'è la barista in tenuta sexy -. Inappagata: - Potresti portarmi almeno la borsa della spesa, non sei più un cavaliere; la borsa me la so portare anche da sola, cosa credi? Non mi tieni più neanche l'ombrello quando piove -, e se lui protesta dolcemente: - Ma amore, sei incinta, mica ammalata!, traumatizzata da tale inopportuno rilievo, spargerà diluviose e struggenti lacrime e si aggrapperà pateticamente all'unico salvagente al momento veramente non necessario: torno da mia madre!

Esagerazioni? No, argomentazioni da tenere in considerazione già prima di mettere in cantiere l'operazione figliolanza, poiché potrebbero creare sconcerto mentale e portare lui a quotare una fuga irresponsabile, destinazione sconosciuta, quale triste rimedio a un futuro genitoriale.

Tre giorni prima del dolce evento lei cambierà umore, sarà affettuosa, tollerante. Lui, irrequieto, trepidante, trascurato, sciupato in viso con barba non rasata, fifone come se dovesse essere lui a dover partorire. Proprio in questi tre giorni gli spunteranno i primi capelli bianchi con suo grande cruccio e sconforto, ma, data l'eccezionalità dell'evento, con gioiosa rassegnazione. La sera, sul divano, lei canticchierà e sfoglierà riviste e controriviste post-natali; lui la occhieggerà, tentennerà appena la testa, e lei lo guarderà soddisfatta, poi un sorriso, un bacio e: - Buonanotte stupidone - gli dirà. E di notte, sfinito dalla tensione, sprofondato nelle braccia di Morfeo, come in un sogno sentirà una vocina gradevole, cara, affettuosa che lo chiama e una mano delicata che lo sfiora invitandolo al risveglio. - Ci siamo - gli comunicherà, e lui salterà dal letto, un'arruffata ai capelli, si vestirà, già in mano le chiavi della macchina, il necessaire, una valigetta e uno zaino colmi di biancheria come quando si parte per le vacanze. – Falso allarme, scusa amore - dirà lei con voce innocente dopo tre minuti - torna a letto, vieni qui, vicino a me, stringimi un pochino! Due notti più tardi: - Amore, si son rotte le acque -. Lui scatterà come un soldato, pronto in venti secondi, e impaziente già sull'uscio di casa. – Ma amore, non essere agitato, non sono mica ammalata, sto solo per partorire, c'è ancora tempo; per favore, preparami un tè, grazie amore – gli dirà con un sorriso, e mentre si reca in bagno per abbellirsi: – Per favore, telefona all'autoambulanza tra una mezz'oretta, non prima. Di te oggi non mi fido, sei troppo nervoso, non si sa mai! All'ospedale l'attesa. La levatrice lo conforta: - Tutto procede bene, c'è ancora tempo, torni a casa, tranquillo, la chiameremo al momento -. A casa, seduto accanto al tavolo in cucina, trangugia due caffè, fa fuori una sigaretta dopo l'altra, tanto lei non c'è, tamburella con le dita sul tavolino, si alza, fa due passi, va in camera, ritorna in cucina, si rimette a sedere, ribeve caffè, rifuma come un turco. Squilla il telefono: - Ci siamo! Vola per le scale, entra in macchina e guida come un dannato, passa con il rosso, sorpassa sulla destra, non dà la precedenza, parcheggia davanti all'entrata dell'ospedale, sale in reparto, lo vestono di verde, entra in sala parto, le stringe la mano, ci siamo davvero, lei spinge, spinge, spinge, e: uhuè, uhuè, uhuè, il rampollo è qua, una stupenda bambina, la mamma spossata, sudata ma raggiante, lui felice ma distrutto.

Significativa e meravigliosa fase questa dell'attesa e della nascita, un pozzo di appagamento ed esultanza nonché una sequenza di assilli, equivoci, pazienza e anche gastriti. Perché accollarsi, allora, per nove mesi incomodi e apprensioni per aver voluto, generoso ed encomiabile intento, concepire? Non è meglio affidarsi alla tassonomia delle tradizioni, un metodo di riproduzione agamica più salutare per gestanti e compagni? Si avrà il rampollo desiderato, e si risparmieranno energie, angosce e tempo libero.

All'inizio della storia dell'umanità i bambini non nascevano, nascevano gli adulti. In modi diversificati. Prometeo forgiò l'uomo sagomandolo col fango e animandolo con il fuoco divino. Efesto invece modellò la donna, Pandora, con acqua e argilla, addirittura così bella che gli Dei furono obbligati da Zeus a farle regali: da Atena ricevette delicate vesti vellutate, fiori per adornare il corpo e una corona d'oro; Ermes invece pose nel suo cuore pensieri maligni e sulle curve provocanti delle sue labbra parole allettanti e insincere; Zeus le regalò un vaso, da non aprire, contenente tutti i mali, la fame, le malattie, la vecchiaia, la pazzia, la gelosia, la passione, il sospetto, il vizio, ma anche Elpis, la speranza. Per gli antichi Egiziani l'uomo nasce dall'occhio del dio Ra o, secondo un altro convincimento, viene trovato da Neth, dea della guerra, nella rete gettata per pescare nelle acque divine del Nilo. Presso i Bantù, Mbombo, il gigante bianco, provando un forte dolore allo stomaco, sprigionò dalla bocca la prima donna. Per i Pigmei l'uomo e la donna sono nati dalla noce di Kuè, gettata in mare da Knuvum, il creatore. Per gli Zulù l'uomo nasce da una canna, per i Tonga sboccia da un albero chiamato Omumborombonga, e per i Filippini i nostri antenati hanno origine da un germoglio di bambù. Per gli Swahili il Dio Creatore, che vive nell'Oscurità, porta la luce nel mondo servendosi dei colori dell'arcobaleno: con una parte di essi crea l'uomo. Jahvè formò Adamo con l'argilla rosso scura e la signorina Eva da una costola di costui. Visnù, mentre vagava sulle acque dell'universo, sentendosi solo e triste, fece nascere dal suo ombelico un loto, e dai petali del loto presero vita l'uomo e la donna. Per i Cinesi l'uomo è l'incontro dello yin e dello yang. Per i Fulani il mondo era una grande goccia di latte che racchiudeva i cinque elementi vitali, pietra ferro acqua fuoco e aria, da cui Doondori formò l'uomo. Nella mitologia nordica i primi umani, Ask ed Embla, nacquero da tronchi di frassino e di olmo. Per i Maya l'uomo fu creato da un colpo di vento, lo Spirito, mentre per i nativi del Nord America l'uomo discende dal coyote. Per gli Indios Makiritare del Venezuela l'uomo e la donna sono il risultato di un sogno, l'unica vera energia creatrice senza fine.

Nelle cosmogonie, nei miti e nelle leggende il comparire dell'uomo sulla terra è dovuto a una volontà superiore o della natura o di una divinità, per una necessità, per un egoistico atto di sentito amore. È una vita che mi chiedo degli attendibili come, dove, quando e perché sono nati la prima donna e il primo uomo: non ho ancor oggi risposte incontestabili. E considerando i vari procedimenti sul divenire della futura figliolanza dubbi potrebbero permanere, fermo restando che la priorità più ambita, e sono sicuro che a molti va bene, cade soltanto su una, dolcissima. Mamma mi raccontò che i figli nascono perché devono nascere, poi mi confessò che anch'io, come molti altri bambini, ero stato portato da una cicogna, ma si corrèsse qualche tempo dopo dicendo che mi aveva trovato sotto un bel cavolo nero, e, più tardi, per accontentare tutti, che mi aveva tirato su dal pozzo nell'orto di nonno Andrea al Campese, dove poi ci furono i lavatoi, nel punto in cui le acque della valle della Bótte s'insabbiavano, e una lunga e meravigliosa fratta di fitte canne e tamarici si snodava arrivando fino al mare, da tempo soppiantata per amore della natura da un solido ponte in cemento armato. Fra tutte queste legittime o infondate ombre, una certezza ce l'ho, cioè che il luogo di nascita giova all'essere umano per giustificare i propri intendimenti e discolparsi degli insuccessi e dei séguiti spesso disastrosi del proprio agire, dovuti invece alla propria grullaggine.

Humana ferenda sunt.
Quanta pazienza con gli umani!

Il Sole e il Padreterno

Era venuto al mondo da poco. Il Signore al momento della creazione aveva avuto un occhio di riguardo per lui. Per il Sole non esisteva la notte, era sempre giorno pieno, tanto che poteva partecipare della vista e del miracolo della vita cosmica in ogni momento del suo straordinario percorso. Affascinato dalla bellezza del creato, si meravigliava di tutto e per un nonnulla. Facendo capolino sulla linea dell'orizzonte terrestre, accarezzata ancora dagli ultimi delicati riverberi della luna, pennellava il cielo di luce e di colori in una fantastica molteplicità di arcani riflessi.

Era felice.

Una mattina sulla Terra l'aria era di una trasparenza che dava allegria. Uno scanzonato venticello gironzolava tra grovigli di maestose farnie, si sentiva addosso una frenesia, quel birbante. Si sarebbe dispiegato volentieri, gli sarebbe piaciuto ululare e mugghiare, chissà cosa sarebbe successo. Vaghe nuvolette dai contorni rosa sbiadito se la spassavano in quota lasciandosi trasportare da fievoli correnti. Altre volte, in una sorta di gioco, avevano assunto ora il cipiglio di un nembo che incuteva timore, ora la veste bianca e boffice dei cirri che si rincorrevano a gara nella volta del cielo.

Torrenti saltellanti tra massi ora glabri ora scoscesi, lingue d'acqua serpeggianti tra immense distese di prati verdi, boschi dalle superbe chiome, montagne maestose dalle vette aguzze che titillavano la volta celeste, i colori dei mari e della superficie terrestre: il tutto era uno spettacolo indicibile.

Il Sole era grato al Signore per questo scenario e si sentiva ripagato così di certe fastidiose rogne che accompagnavano il suo fluire, improvvise vigorose e laceranti esplosioni nel suo centro, altissime lingue di fuoco che d'incanto sprigionavano dalla sua crosta.

Da due giorni scoppiettava più del solito, si sentiva un po' frastornato, e i soli delle galassie confinanti gli inviavano raggi canzonatori. Provava una rabbia!

Il Padreterno glielo aveva detto:

- Non ci far caso, un te la prende se qualcuno ti sfotte! La son cose che le succedono! Tu, la sei un sole giovane! L'hai bisogno di fare l'esperienza! Gli altri soli la ridon di te? Un giorno la riderai te di loro!

Confortato da queste parole, il Sole aveva raggiato. Percepiva di essere nel pieno delle forze, ma sapeva anche di doversi controllare, di stare attento, perché il suo ufficio nell'ordine della creazione era ben definito. Gli era ancora presente ciò che aveva combinato quattro giorni prima: messa da parte la cautela, per dimostrare a sé stesso quanto provetto fosse, (purtroppo da ragazzi piacciono tanto le sortite strambe, le avventure, e volentieri si vogliono fornire dimostrazioni di certi convincimenti) si era lasciato andare deviando di un sette dall'orbita assegnatagli. Che putiferio laggiù sulla Terra! Buona parte della superficie terrestre in fumo, pietre incandescenti, lussureggianti foreste incenerite di brutto dagli incendi, oceani semiprosciugati, mari laghi paludi e fiumi scomparsi, pesci e animali carbonizzati: in pochi secondi rovinato il divino lavoro di una mezza settimana. Che ramanzina l'Onnipotente gli aveva fatto! E quanta fatica a rimettere a posto quel pianetino! È vero che l'Altissimo avrebbe potuto dire:- Ritorni ogni cosa come prima!, ma che soddisfazione ci sarebbe stata? Se l'Eterno s'era preso una settimana di tempo per creare e ordinare il mondo, l'aveva voluto per regolare il tutto in armonia e in tranquillità, per godersi, mentre inventava, realizzava e plasmava, i frutti della Sua opera.

Saliva il Sole lungo la volta del cielo, ma aveva una strana sensazione, gli sembrava a un tempo di essere immobile, di girare e che tutto gli si muovesse attorno. Non ci capiva proprio nulla. Di tanto in tanto buttava lo sguardo in qua e là, sperando intensamente di vedere in giro l'artefice del Progetto Universo.

Il Padreterno era mattiniero. Gli piaceva prendere volentieri una boccata d'aria nelle prime ore del giorno, fermandosi, se non era troppo di fretta, a scambiare quattro chiacchiere con il Sole: per un disegno della Divina Provvidenza il Sole godeva di un privilegio eccezionale, poter conversare con il Signore, anche quando Questi ci aveva le madonne. Di tale onore era riconoscente al Re dei re. Quel prolungato ritardo, tuttavia, lo rendeva pensieroso e una certa apprensione lo stringeva.

- Dove sarà? Che farà? Di sicuro sarà intento a limare, a rifinire, ad aggiustare, a completare il suo progetto che il Buon Dio abbia sentito un profondo e tenero desiderio di far partecipare del suo straordinario amore e della sua felicità altre creature, animate e inanimate, con la realizzazione del creato, e proprio così gli aveva detto l'Onnipotente, nulla da eccepire, ma poteva mettersi all'opera per un paio d'ore, tutt'al più un paio di giorni, tanto Lui è il Signore! Invece no, sei giorni aveva sgobbato, e ce ne aveva ancora un'altra giornata lavorativa davanti a sé. Ma ci si rende conto che cosa significhi creare uno spazio senza fine con tutti quei buchi bianchi e neri, le galassie, le costellazioni, le nebulose, le stelle, i pianeti, i satelliti, gli asteroidi, la polvere cosmica, il tutto disposto secondo la grandezza, la distanza, la funzione, la finalità e, meraviglia delle meraviglie, l'armonia, la bellezza, l'eleganza, l'incanto e lo stupore. Idee singolari, arcane e complesse si erano concretizzate, le orbite, le eclissi, i movimenti di rivoluzione e rotazione, la gravitazione, l'atmosfera, la ionosfera, la mesosfera, l'esosfera, le aurore boreali, il campo magnetico, le tempeste magnetiche, i gas leggeri e pesanti, gli atomi, i protoni, i neutroni, gli ioni, i cationi, gli anioni, i raggi cosmici, quelli alfa, beta e gamma, violetti e se non bastasse anche quelli ultravioletti. Un lavoro scientifico d'induzione e deduzione, senza sponsorizzazioni e incentivi -.

Tutto funzionava alla perfezione nell'universo anche se, a giudizio del Sole, qualche creatura approfittava della bontà e della pazienza del Sommo Artefice. Le stelle cadenti parevano svitate del tutto, sfrecciavano in ogni direzione come se fossero in ritardo a un appuntamento. E i satelliti? Sempre a fare il girotondo intorno a qualche pianeta, e per di più noiosi e dispettosi. - La luna, che impiastro e che indisponenza! Ve la raccomando quella! Ieri mi si è parata davanti e non c'era verso di farla allontanare. Sulla Terra è sopravvenuto un buio tale che mi sono sentito quasi in colpa. L'era un pandemonio, laggiù. Dico io, non era forse meglio curare i rapporti di vicinato, almeno all'inizio? poi con il tempo se ne poteva pure riparlare. Lei no, invece. Questa capricciosa provocatrice non voleva più togliersi di mezzo. E i pianeti? Carini anche loro! Saturno quante storie ha fatto con quell'anello, è troppo fine, è trasparente, stretto lì largo là, ohi qui ohi qua. Così il Creatore gli ha dato una bella ritoccatina, l'ha avvolto in un banco di gas così che manco lo si vede. E Venere? Quella protesta, recrimina e m'incolpa di continuo per il caldo, ma…

- Ehi Lumacone, o che tu c'hai? La mi sembri pensieroso stamane.

- Oh, Vostro Signore, 'un V'avevo sentito arrivare.

- E ti credo. Tu pensi e la ripensi, ma almeno la stai attento a quel che tu fai?... Che ti preoccupi del tuo Signore l'è carino da parte tua e… come la va?

- Bene, non mi posso lamentare. Ogni tanto scoppietto, mi vengono certe vampate.

- O che vorresti, tu sei il sole, mica un ghiacciolo.

- ?

- Te lo spiegherò un'altra volta che l'è un ghiacciolo.

Il Padreterno volse il Suo onnipotente sguardo sulla Terra e, preso da intensa commozione per lo struggente desiderio che da giorni covava, il suo volto s'accese di fulgida magnanimità divina. Il bene infinito che nutriva per questo pianeta Lo aveva convinto a proseguirvi la creazione. Sorrise e riprese:

- O che tu lo vedi quel pianetino laggiù, quello buffetto a forma di pera, la Terra, appunto, carino eh? Sai che ti di'o? Lì c'ho condensato tutto il creato. Tante cose non si vedono, ma ci sono, tante altre la sono alla vista, ma... oh, l'è sistemato tutto a miccino, in una cornice di armonia e di equilibrio, che non ha l'eguali. L'è proprio un incanto! Ma a che la servono tante meraviglie, se non c'è qualcuno che le capisca e che se le possa godere? Ho pensato di creare l'omo!

- O che robba l'è?

- Come che robba l'è! E già, tu 'un pôi sapé. L'omo, la sarà una creatura che mi si potrebbe somigliare, un parente alla lontana.

Sulla Terra la c'è un mucchio di esseri viventi dalle forme più strane e dai comportamenti i più diversi, come le pe'ore, gli orsi, i leoni, i 'anguri, i 'oniglioli, i topi, le pulci, le galline, le formi'he, i ba'arozzoli, i 'a'atoa, le scimmie, l'elefanti, il triche'o, le fo'he, le balene, il pesce gatto, il pesce palla, il pesce luna, il pescespada, il pesce flauto, il pesce ago, il pesce prete, il pesce corvo, il pesce istrice, il pesce ragno, il pesce martello.

- Il pesce bomba.

- Il pesce bomba no, l'inventerà l'omo, sta' pur tranquillo, poi tanti altri animali, e tutti che la mangiano la bevon la dormono e la fanno i loro bisogni e si accoppiano per dare la vita ad altri esseri simili a loro. L'omo, in parte, si comporterà come tutti gli animali perché anche l'omo lo sarà un animale, ma però lo sarà un qualcosa di speciale. L'avrà una dote che lo distinguerà da tutti gli esseri viventi. Lui l'avrà la capacità di decidere dove come e perché la vorrà vivere, ma l'è chiaro che la dovrà rispettare anche le altre creature. L'avrà la ragione... La ragione? Unnè 'na parolaccia, lo capirai, sta pur si'uro, che l'è la ragione... Dunque dicevo, l'omo... Io non lo costringerò a nulla, lo informerò su qualche regoluccia a cui si dovrebbe attenere, tuttavia lo sarà libero di fare le proprie scelte. Lo so che qualche grattacapo l'omo me lo darà, ma senza la sua creazione il Progetto Universo non lo sarebbe 'ompletato... L'è arrivato il momento di creare l'omo!

Il Padreterno, emozionato per questo prepotente slancio di profondo e sconfinato amore, scivolò sulla Terra, si diresse verso un ruscelletto che gorgogliava fresco e, preso un tòcco di argilla, quella rosso scura, modellò l'omo, così come se lo era immaginato. Poi lo pose all'ombra di un tiglio, gli soffiò in un orecchio e l'omo nacque, addormentato.

Il Signore si mise a stupire l'omo assopito come un angioletto, provando una profonda sensazione di trepida gioia. Mentre lo osservava, per istinto divino si rese conto che l'omo era solo e che prima o poi avrebbe sentito il bisogno di una compagna.

- Certo la sarà stupendo per lui starsene a prender la tintarella, fare una nuotatina, riposare all'ombra degli olmi sdraiato su un tenero tappeto d'erba, cibarsi di frutti che spontaneamente cresceranno per il suo sostentamento. Ma quando gli verranno certe voglie, come farà? Quello se la prenderà con me. Eh sì, ha bisogno di una manutengola!-

Sprofondò allora l'omo in un meraviglioso sogno, a noi non è dato a sapere, è un segreto, gli tolse delicatamente una scaglia di ossicino dallo stinco sinistro, l'amalgamò con argilla rosa, modellò una figura umana con due spiccate peculiarità, le soffiò in un orecchio e sbocciò alla vita il fiore più affascinante, delicato, armonioso, elegante e seducente mai contemplato al mondo, allora e in avvenire, la donna. Addormentata, anche lei. L'omo e le donna riposarono l'uno accanto all'altra tutto quel dì e la notte seguente. Il mattino, svegliatosi dal lungo riposo, l'omo a vedersi accanto quella meraviglia rimase di stucco.

- Che schianto! - pensò.

In quel mentre la donna aprì gli occhi, guardò l'omo rapita.

- Che fusto! - pensò.

Gli occhi fissi gli uni negli altri, presi da struggente frenesia, scomparvero d'un subito dietro a un rosaio.

Il tempo scorreva. Il Padreterno era pago della sua opera, tutto funzionava alla perfezione. Il suo incommensurabile amore irradiava l'universo. L'omo e la donna vivevano in armonia, innamorati e appassionati più che mai. Ma che dolci che erano, mai un lamento, mai un litigio, mai un gestaccio. Ogni tanto qualche sospiro prolungato, poi lunghi silenzi come quando a qualcuno manchi il respiro, e strani gridolini. Tutto procedeva a meraviglia. Ne riceveva conferma ogni giorno da Michelino, il suo fedele maggiordomo.

Michelino, per intelligenza una simbiosi all'ennesima potenza tra Leonardo ed Einstein, nel capire le contingenze del momento più sveglio di un Napoleone, forte almeno ics volte più di un Ercole e un Sansone, eccelso e raffinato interprete delle belle maniere, era stato scelto dal Signore, oltre che come maestro di palazzo, anche come verificatore dell'ecosistema sulla Terra che non subisse variazioni se non quelle periodiche naturali, che le piante a fusto grosso non prendessero tutto lo spazio per sé, che i rovi pungessero solo se necessario, che i semi dei vegetali non s'incrociassero di brutto, che gli animali più grandi non facessero troppo i prepotenti con i più piccoli e che quelli più piccoli non fossero sempre dei piantagrane, che i pesci aculeati come gli scorfani non fossero dispettosi, che i gabbiani non succhiassero perlomeno le uova di giornata delle tartarughe, che le galline non starnazzassero ad ogni chiar di luna, che i cani da guardia non abbaiassero per un nonnulla, ché due sole ce n'erano di persone al mondo. Qualcuno potrebbe dire: uh, quante storie! E no cari miei, il Buon Dio aveva creato per un atto di amore, e voleva che le creature stessero bene senza molestarsi per un nonnulla. Addirittura, affinché si saziassero a volontà, e si sa con la pancia piena si è sempre più disponibili, due volte la settimana faceva cadere a mo' di pioggia sulla terra, senza contropartita, a ufo, per tutti, un cibo speciale, la pannacotta.

Una sera al tramonto Michelino arrivò in Paradiso tutto trafelato. Che volata aveva fatto! O Madonnina, me ne stavo dimenticando. Il Padreterno s'era scelto come soggiorno un posto che aveva chiamato Paradiso. Qui aveva la sua dimora, una casetta davvero divina, e non dico altro. Si trovava in giardino, e stava rileggendo un libro che Lui stesso aveva scritto, un'anteprima letteraria, seria, accurata e coscienziosa, una lettura piacevole, rilassante, profonda, impegnata, ricca di consigli, di suggerimenti, di ammonimenti, d'informazioni. Era il regalo di compleanno per l'omo e la donna, una risoluzione spontanea dovuta all'Amore, anche se Dio sapeva che il testo poi sarebbe stato interpretato e più volte corretto all'occorrenza dall'omo.

- L'omo è triste, se ne sta solo soletto su uno scoglio con gli occhi fissi all'orizzonte - disse d'un fiato.

- Ma va là! - rispose il Signore - O che mi racconti! Davvero davvero? La sei proprio si'uro? Che prendesse qualche iniziativa! La si dovrebbe muovere un po'di più, le gambe 'un gli pesano mica, si spostasse un tantino, c'è così tanto da vedere. O che pô l'esser successo? Che la bella vita gli sia diventata noiosa? È giovane, bello, forte, intelligente, un fustaccio, l'ha una compagna, che un altro omo al posto suo… Che l'abbia litigato con la donna? 'Un ci posso crede, la sono due persone a modino. Sarà geloso… Che la donna gli abbia messo un cornetto? E con chi, se di omini ce n'è uno solo? Michelì, dimmi un po', unnè che tu hai gironzolato attorno alla donna e quello poi... -

- Oh Vostra Onnipotenza, non lo sarebbe possibile, e Voi lo sapete meglio di me. L'è vero che la donna la guardo ché l'è una meraviglia, ma, Dio ne guardi, volevo dire Voi, se fossi stato un omo, potevo dire, tutte le fortune agli altri… Ma, se Voi permettete, detto tra di noi…

- Michelì, lascia perde' certi discorsi, 'un mi complicare la faccenda, ché la stai toccando un tasto un po' spinoso e imbarazzante. L'è una questione deli'ata, ci penserà la Cei… macché la Cia, l'è un'altra cosa, la Cei… non alla toscana, i cechi senza la c e l'acca… quella che… appunto… vabbè… 'un ci sarà poi tanta differenza, d'accordo… dai, vieni al sodo, altrimenti nel terzo millennio dopo la nascita del mi' figliolo la siamo sempre qui a discute'.

- Da due giorni lo sto osservando. Mi è sembrato inquietante e troppo serio che ogni qual volta gli si avvicini la donna, quello volga lo sguardo da un'altra parte... e faccia un muso!

- Bravo Michelí, hai fatto bene ad avvisarmi, la faccenda allora l'è delicata davvero! Valuterò, poi ci faccio una capatina io sulla Terra domattina, l'è un po' di tempo che ci manco, così mi sgranchisco pure le gambe. Dormiamoci sopra, va'!

Quella notte, il Signore non riuscì a prender sonno. Il suo pensiero era rivolto all'omo e nel pensiero lo vedeva seduto sullo scoglio, lo sguardo fisso all'orizzonte e un muso! Il Signore non si capacitava, o meglio faceva parte del Disegno Divino non capacitarsi che qualcosa con l'omo non procedesse con tutti i crismi. Sapeva il Buon Dio che l'omo, prima o poi, si sarebbe scontentato di qualche cosa, ma così presto no, non valeva. E mentre stava nei suoi pensieri: -

Poverino! – esclamò - e ci credo che la sia imbronciato, il tapino, me n'ero quasi scordato-. Il Signore sorrise, si girò su un fianco e si appisolò. Il giorno successivo, all'albore, l'Ente Supremo bello splendente e in forma più che mai incontrò il Sole, che invece era un po' frastornato: era subentrata l'ora legale, e non sapendo far di conto non ricordava se era in anticipo o in ritardo di un'ora.

- Buongiorno, Vostro Signore - disse il Sole, accennando un inchino che fu bloccato dalla mano tesa dell'Onnipotente.

- O che mi vuoi arrostire un'altra volta la Terra? Eppoi, sempre con questo Vostro Signore! La mi fai sentire vecchio!... Ascolta, ti voglio confidare una cosina. Te lo ricordi l'omo, eh? Bravo! Gli faccio una visitina. E voi sapé il perché? Quando io l'ho creato, ebbè, mica per vantarmi, ho realizzato con l'omo la più interessante delle creature, un capolavoro. L'ha un cervello per pensare, occhi per vedere, orecchia per udire, braccia e mani per aiutarsi, gambe e piedi per camminare e correre, uno scheletro perfetto per sorreggere con l'aiuto della muscolatura, in equilibrio e grazia, le diverse parti del corpo. E poi cuore, polmoni, fegato, pancreas, milza, reni e un'altra cosina per rendergli la vita più allegra; ma… non può comunicare del tutto con la donna, insomma, 'un può parlare. L'omo, l'ha una bocca indispensabile per mangiare, bere e, diciamocelo pure, sbaciucchiare; ma se la vôle esprimere i su' pensieri, le su' opinioni o semplicemente scambiare quattro chiacchiere con la donna, come l'ha da fare? L'ha bisogno della parola. E ancora 'un ce l'ha. L'è normale che la sia imbronciato e, a dire il vero, ho aspettato a fargli questa dote, perché e purtroppo, in buona sostanza, appena la comincerà a parlare, apriti cielo! E allora? La deve essere a questo modo. L'omo deve sapé lui come comportarsi, possiede la ragione, ‘un posso imporgli nulla, se lo facessi ‘un sarei il Padreterno-.

Il Signore scese sulla terra, si avvicinò all’omo e alla donna appisolati sotto una ficaia brogiotta. Il Buon Dio con il mignolo della mano sinistra sfiorò le labbra dell’omo, ripetendo la stessa operazione su quelle tumide e da capogiro della donna, e zitto zitto, come era arrivato, se ne ritornò in Paradiso, aspettando il risveglio delle sue creature.

L’omo, appena desto, si stirò in tutte le direzioni, sbadigliò, si stropicciò gli occhi e pure i capelli, si guardò intorno, starnutì, batté la bazza per terra e - Ma porca miseria, che...-, ma non riuscì a finire la frase. Tra l’incredulo e il meravigliato, una gioia immensa lo prese.

- O Dio parlo! Parlo, parlo davvero! Donna, la mi senti? Parlo, parlo, parlo!

- La ti sento, pure io parlo - e insieme incominciarono a saltare correre far le capriole urlare gridare ridere e piangere di gioia, che ’un vi dico. L’omo capì d’istinto che solo il Signore poteva essere stato il grande benefattore e volgendo gli occhi al cielo: - E cavolo – sbottò - l’era pure l’ora, l’era, senza poter discorrere un po’, senza poter fare due complimenti, senza poter cantare una serenata. Ce ne hai messo di tempo. E che l’avevi persa per strada, la parola? Far soffrire un povero omo, con mezza famiglia a carico, dico! Mica te lo avevo chiesto io di mettermi al mondo. E che si mette al mondo un mezz’omo? Perché l’omo, senza la parola, l’è un mezz’omo, anzi pure di meno. L’avrai avuto pure i tu’ motivi, però… vorrei tanto che tu fossi qui per dirtela a quattr’occhi la mia opinione. Oh, tra un pochino schiantavo! ’Un ti fanno una cosa perbene, sempre tutto a metà. Maledetto governo ladro!… Puhf, che caldo, ci mancava pure quella palla lassù a rovinarmi la giornata! Qui si scoppia. Donna, 'un do' tu la sei? Pure questa, l'è già sparita di novo. L'ha preso il volo. 'Un sarà andata mi'a a struscià -.

E si sfogò l'omo. Se la prese con tutto e con tutte le creature che gli capitavano a tiro, pure con i maggiolini e le lumache, ne disse di cotte e di crude tanto che la voce gli si arrochì. Nella sua voluta insoddisfazione scalciò di brutto un sasso che colpì in mezzo alla fronte un cavallo, e fu l'unicorno.

La donna, che sorpresa da questa reazione dell'omo si era allontanata per una mezz'ora, dolce e carina cercò di calmarlo, ma si prese una rimbeccata, poverina! Bisogna pur dire che più tardi l'omo, dispiaciuto per la sua villania, le chiese scusa, le promise una vacanza biotermosolareeolica, la invitò sulla spiaggia a una cenetta a due a lume di tramonto, e fecero pace. Le avrebbe regalato volentieri un elegante abito leggero da passeggio alla Cocò e un bel cappellino alla Elisabetta seconda, ma lei era così affascinante vestita solo di sé stessa che quella sera, chissà come e perché, rimase incinta. Ma aveva esagerato quel giorno, l'omo. Il Padreterno dall'alto del suo trono aveva ascoltato pazientemente come solo Dio può e sa fare, mentre un leggero sorriso gli stava affiorando sulle labbra, avvisaglia che il Signore aveva trovato una cura a quel cicaleccio.

Il giorno stava passando, il Sole fece posto alla Luna che si svegliava sulla Terra.

Il mattino seguente l'omo fu destato da un babelico fastidioso trambusto. Una torma di òmini e di donne sbraitava, gridava, sembrava che litigasse, che si minacciasse. Articolava i suoni più strani, nessuno di loro riusciva a capire che cosa l'altro stesse dicendo. Erano nati i linguaggi.

- O che l'è successo! Da 'un do' l'è uscita tutta 'sta gente! O che la dice!

L'omo, il nostro omo, era sconcertato. Convinto che il creato attorno a lui fosse tutto e solo a disposizione propria e della donna, osservava smarrito e pensieroso quella caciara. Che tale operazione fosse iniziativa della Divina Intenzione lo sentiva, ma a che scopo? La ragione gli diceva di riflettere, forse il suo comportamento non era stato quello che il Creatore si aspettava da lui. Per un piccolo sfogo tanto casino? No, non ci credeva. Che il Signore si fosse offeso? Ma Dio non poteva offendersi, Lui è misericordioso, e poi per che cosa? E tante domande si pose quel giorno e gli altri a seguire. Qualcosa capì, che avrebbe dovuto condividere con altri ciò di cui fino allora avevano goduto solo lui e la donna. Dovette cedere spazi sempre più grandi, mettersi in ritirata se voleva stare un po' tranquillo. Era sempre sul chi va là, ché vedeva in giro certi ceffi che non sembravano proprio raccomandabili. Vicino alla loro capanna gironzolavano a gara gruppetti di sfaccendati coccolapassere, prosperi di lubricità, sflilaslip alla bolognese-cileno-veronese-scansanese, (non me ne vogliano i nativi di tali luoghi, ché sembrerebbe l'aver voluto io abbinare lubricità e persone. Mai ho ritenuto, né lo penso, che essi siano lubrici, e non è mia minima intenzione offenderli o dir male di loro, ché moltissimi li conosco degni, signorili e ricchi di garbo. Mi sono solo venuti in mente alcuni che ho conosciuti disgustosi maestri di sconcezze, originari di quelle dignitose, squisite e incantevoli terre. Metto in conto da parte di quegli abitanti una prevedibile indignazione o disappunto, e mi prendo l'onere morale di una loro rimostranza), belli come il mitico Ommy Due's, il Jonny Depp fiorentino, che passavano e ripassavano la donna ai raggi ics, provandoci di brutto con chiari gesti di abbordaggio. E quando la donna si assentava per attingere l'acqua al ruscello, distante appena cento metri, l'era per l'omo tutto un formicolio nella pancia, anche se lei, e glielo aveva stragiurato, nella mente e nel cuore mai l'aveva e l'avrebbe tradito, ancorché la carne qualche volta possa esser debole. La sera non andavano più sulla spiaggia a rimirare il tramonto anche perché lì non c'era posto, ché ci bivaccava, non vi dico, quanta gente. La notte c'era sempre una sbalorditiva movida, più animata e vibrante che all'Isola del Giglio d'Agosto, e il giorno lui soffriva la stanchezza per le notti insonni e le impegnative e onerose richieste della compagna, ingagliardita e sempre più invogliata per l'altrui considerazione. In giro a procurarsi il cibo, sugli alberi da frutto trovava solo qualche rachitico resto, la frutta più bella e più saporita spariva di un subito, della pannacotta neanche l'idea. I rapporti con i vicini non erano facili. Difficile capirsi anche a segni, e imparare a parlare tutte quelle lingue come si poteva? Non c'erano neanche i corsi serali per principianti. Gli omini agivano solo per il proprio interesse e piacere, ognuno pensava a sé e la solidarietà, lo spirito di corpo, la fratellanza, il sostegno, la generosità, l'altruismo erano parole che non esistevano in quei linguaggi. L'arroganza, la boria, l'angheria, l'aggressività, la pretenziosità trasparivano dai pori della loro pelle. Dei veri capaggiai. Le donne erano vanitose, saccenti, pettegole, intriganti, maliziose, invidiose, senza ritegno.

Una mattina presto, vocii, strepiti, schiamazzi e cagnare lo svegliarono di brutto. Una fiumana di omini e di donne assemblata vicino a un melagrano cercava di sfondare il cordone dei più prepotenti che si volevano accaparrare il diritto sulla raccolta dei frutti. Gli animi si surriscaldarono, le minacce dall'una e dall'altra parte erano inequivocabili anche se espresse con parole incomprensibili. Si ruppero gli argini della malcelata pazienza. I più facinorosi dettero la carica. Volarono cocomeri, pomodori, noci di cocco, uova di struzzo. In breve il tutto degenerò in un incivile tafferuglio. Le donne si tiravano i capelli, graffiavano, mordevano, oltraggiandosi nel proprio linguaggio con gli epiteti più riprovevoli. Gli omini non si mostrarono da meno, calci, schiaffi, spinte, bastonate, una vergogna. Il Signore osservava in silenzio, mentre il Sole disgustato dalle scene becere degli umani provò una rabbia tale che s'infuocò al di là del limite. La temperatura nella volta terrestre salì di colpo, i ghiacciai si sciolsero, le acque a valanga per le vallate invasero le pianure, si formarono terrificanti nembi, tuoni fulmini e rovesci a scrosci martellanti, un milione di metri cubi al secondo, come Dio la mandava. Ci fu un fuggi fuggi generale. Ognuno pensò a sé per mettersi in salvo, travolgendo gli altri. Un casino da nulla! Il nostro omo e la sua compagna, al terzo mese, fecero in tempo a procurarsi banane, melagrane, noci e alcune giumelle di fichi secchi. Nonostante il finimondo, l'omo ebbe voglia di un'introvabile bottiglia di vino. Che iella, Noè, l'eccelso enologo e rinomato produttore e assaggiatore di vino, non era ancora nato. Corsero a perdifiato verso la spiaggia, salirono su una barchetta a vela non cabinata che per caso era lì, presero il largo, riuscirono, pur tempestati dalla tropea e sballottati da marosi forza cinquantasette, a portarsi al largo e mettersi in salvo dalla potenza della distruzione lungo la costa. Quaranta giorni e quaranta notti di navigazione senza mèta, percossi da pioggia grandine e tese raffiche di grecale, avvolti infine da fitte sfilacce di nebbia marina, tra i boati e gli schianti dei tuoni e i bagliori minacciosi dei fulmini, sempre svegli per paura di cadere in acqua e morire annegati. Il diluvio cessò, i ghiacciai si compattarono, il sole risplendette, sulla terra riprese la vita. L'omo e la donna furono gli unici a sopravvivere, tutti gli altri affogati.

L'omo, sbarcato su un litorale melmoso dove il piede vi affondava per mezzo metro, stanco morto, con segni evidenti di digiuno coatto, gli occhi gonfi e bolsi, e la bronchite che l'era diventata cronica, le ossa indolenzite e già in stadio avanzato di poliartrite primaria e secondaria, alzò gli occhi al cielo, puntò l'indice della mano sinistra verso l'alto e, scontento più che mai, ne disse e gliene disse di tutti i colori.

Non era cambiato per nulla.

Ancora non aveva capito.

Il Padreterno allargò le braccia e:

- Si arrangi allora quel grullo!- sentenziò.

Il dramma della nostra epoca è che la stupidità si è messa a pensare.

Jean Cocteau

Il cane

Pluto era il mio cane, un setter di razza, a chiazze bianche e nere, voluto fortemente, tanto che riuscii a convincere babbo a prendere quel cucciolo da un suo amico. Il nome glielo mettemmo io e mia sorella. Nell'aspetto, il muso, lo sguardo, le orecchie, la linea del corpo e il muoversi, si assomigliava al Pluto zuzzurellone di Topolino, ma era sveglio, accorto e prudente. Con il cane passavo gran parte del mio tempo libero, ci giocherellavo, mi facevo rincorrere, mi saltava addosso, mi mordeva le mani, mi sdruciva il risvolto dei pantaloni alla zuava. Cercavo a modo mio di educarlo, me lo portavo in giro dovunque, imparava a riportare gli oggetti che lanciavo, a stare al passo anche se con molta fatica, ad aspettare seduto sulle zampe posteriori, a non entrare nelle fogne aperte, a riconoscere il fischio con cui lo chiamavo. Gli piaceva correre, e le nostre scorribande avvenivano spesso lungo le mura interne del Paese, dal Piano della Buca a quello di Sant'Anna. Non correva, galoppava.

Il percorso era sterrato, qua e là avvallato specie dopo le piogge, seminato di ciottoli, di bullétte e di piccoli chiodi fucinati caduti dalle suole delle scarpe, o di schegge di vetro e pezzetti di culi di bottiglie che affioravano dalla terra dopo aver giocato a mondo bello. Pluto, coda all'aria e orecchie al vento, già appena accennavo la corsa mi sorpassava, si allungava in una falcata irresistibile, elegante, stupenda, ma arrivato al Trione di Spiola frenava di scatto. Qui, dentro il Torrione, convivevano un asino e una diecina di galline. Si avvicinava alla grata posta all'entrata, annusava, scodinzolava, inarcava le orecchie, tendeva la coda, puntava. L'asino si avvicinava, lo guardava con occhioni che facevano tenerezza. Le galline dopo un primo starnazzare si chiudeveno nel mutismo, qualcuna goglottava, debolmente. Richiamavo il cane. "Dai, Pluto, andiamo". Mi guardava con un occhio, l'altro intento a ciò che succedeva nella stalla, poi si voltava di scatto ripartendo, sorpassandomi e mi aspettava accovacciato sul murello davanti alla casa di Natalia, al piano di Sant'Anna, la lingua fuori di traverso e lo sguardo festante, chissà, forse perché era arrivato per primo, forse perché gioiva nel vedermi arrivare.

Picciccio, un cane maschio di colore nero, già vecchio, dal baschetto di casa del suo padrone proprio dirimpetto al Trione di Spiola difendeva il proprio territorio. Avevo paura, per Pluto e per me. Picciccio latrando, saltava gli scalini, partendo come un fulmine, pronto a lisciare il mio cucciolone, ma la falcata di Pluto sembrava prendere le ali mettendo tra di loro un buon margine di sicura distanza.

Alla Buca, nelle rigogliose giornate del sole di Maggio, le donne filavano la lana di pecora. Dopo averla lavata ai Pozzetti, veniva distesa ad asciugare sui prati intorno alla Fonte o sopra Strada Nova all'Ospedaletto o, proseguendo, al disopra e al di sotto del sentiero che si svolgeva poi fino al cimitero, o sotto le mura là dove poi troneggiò e rifulse nelle tinte rossastre di austera bellezza l'albero di Giuda, sacrificato per un camino.

La lana, appoggiata sui multicolori tappeti offerti con pudore dalla natura, rimaneva screziata qua e là di tinte ora gialle ora turchine ora viola dei fiori di zoncala di succhiello di malva, ed emanava fragranza e freschezza. Le donne, di fronte alla Buca sedute sugli scalini di una pagliara, dipanavano con dita veloci e solerti la lana che veniva sparsa al sole sul muretto e sul piccolo slargo in lastre di granito che limitavano la cantina di Barabesi per togliere gli ultimi afrori di mucico. Ne mettevano poi una certa quantità nella tasca del senale, davano il via al fuso con un movimento rotatorio sulla gamba, e la lana si allungava in un filo che veniva avviluppato in una laccia. Pluto si sarebbe gettato volentieri su quel tappeto, lo trattenevo, si accovacciava ai miei piedi, appoggiava il muso per terra seguendo con gli occhi ogni movimento delle donne. Sotto il baschetto di casa babbo aveva costruito per lui la capannetta, la sua cuccia, ma con il permesso di mamma durante il giorno poteva stare con me anche in casa. Accarezzavo allora il suo pelo boffice e si addormentava sui miei piedi mentre facevo i compiti in cucina. Mamma non era del tutto d'accordo che Pluto gironzolasse per casa. Brontolava, ma credo per darsi un tono. L'ho vista, credendosi sola, mentre lo coccolava.

Frequentavo la seconda elementare. Un giorno lo portai a scuola, ma la maestra non gli permise di accompagnarmi in classe, e i compagni, che anch'essi avevano cani, con aria di sufficienza, di compatimento, canzonatoria: "Un cane da signorina!", dissero, ridendo in modo sguaiato e sciocco. Tornai a casa, mi detti ammalato, mal di testa, una scelta studiata perché per altri sintomi era pronto l'olio di fegato di merluzzo, di sicuro sano, ma dal sapore "Dio ne guardi e scampi e liberi"; così per una settimana non mi feci vedere a scuola. Avere un cane per i miei coetanei era importante soltanto come mezzo necessario a contribuire al desco familiare, andare a caccia, stanare la preda, portarla davanti al fucile del cacciatore. Per il resto, obbedienza assoluta, spesso bòtte e per cibo qualche osso e un po' di brodaglia. Non era raro vedere questi poveri animali girare, magri, lungo i due pozzi neri sotto i Lombi dove cercare e trovare qualcosa da mettere sotto i denti.

Pluto era un multitalento, un cane da penna e da selvaggina terrestre. In una battuta al cinghiale nella Bassa Maremma, mentre la muta dei cani abbaiando si dirigeva verso l'intrigata boscaglia capalbiese, Pluto rimase per alcuni istanti accanto ai cacciatori, levò il naso per aria, spronò il galoppo schiattendo in direzione opposta, e, nonostante i richiami, sparì. Grande fu il disappunto dei partecipanti alla battuta di caccia. La sortita di Pluto poteva comprometterne i risultati. L'abbaiare della muta diveniva più flebile, poi cessò del tutto e in meno di un'ora i cani ritornarono, frustrati. Il tempo passava, il sole era alto, la rabbia e la delusione dei cacciatori profonde. Pluto sembrava essere svanito.

"Guardate là!".

Su uno spunzone di roccia, Pluto, da maestro d'orchestra dirigeva la sua sinfonia: due cinghiali correvano inconsapevoli verso la pòsta, sulla bocca dei fucili.

Di Natale si faceva il presepe.

La maggior parte delle statuine si costruivano con l'argilla presa alla Fonte Vecchia. Non erano capolavori, per mia sorella e per me lo erano, e poi chi ce li aveva i soldi per acquistarle? Nonno, per la festa, mi regalò cento lire, ci comprai tre grossi Re Magi e una pecorella nella bottega di generi alimentari di Eva. In un angolo del salottino, il nostro presepe era proprio bello: il muschio dal verde intenso e vellutato, le statuette fatte a mano, le stradicciole ricavate con carta colorata delle caramelle, piccoli pezzi di specchio per simulare i laghetti, la stalla messa su con rametti di lentisco, i componenti della Natività. Pluto ogni tanto vi si avvicinava, annusava, se ne tornava al suo posto vicino alla madia, mi guardava, poi si addormentava o faceva finta. Un giorno ci accorgemmo che dal presepe mancavano i tre Re Magi e anche Gesù Bambino. Io e mia sorella pensammo che qualche nostro amico, capitato a casa, li avesse prelevati, ma del tutto sfacciatamente? E chi, poi? La sera mamma mi chiese di prendere il caldaro, per la polenta credo. "È nella madia, a sinistra in basso!". Quale non fu la nostra meraviglia! Accanto al caldaro, i tre Re Magi e il Bambino Gesù. Pluto ci guardò con gli occhi smei, imploranti comprensione. Non ho mai capito perché proprio quelle statuine e come abbia fatto a nasconderle nella madia. Chissà, forse anche lui voleva a modo suo realizzare il proprio presepe e partecipare alla festa natalizia.

Pluto fu un esemplare di cane e un cane esemplare. Divise con la famiglia il cibo, ricevette e dette affetto, crebbe riconoscente e soprattutto libero. Morì di vecchiaia, aveva quasi diciotto anni. Quel giorno piansi.

Ogni mattina poco dopo le otto esco da casa per portare mio figlio all'asilo. Potrei rimanervi ancora una mezz'ora, ché le nove sono l'ultima ora di accettazione, e lasciarlo giocare. "È tardi, bisogna andare!". Non è tardi, è vero, ma lo sarebbe, se a quell'ora non presenziassi a un bizzarro quanto mai serio appuntamento. Mi affretto per il convincimento, ogni giorno sempre più rafforzato, che nella vita imparare non è mai troppo tardi e che le singolarità i capricci l'estro le fantasie gli affetti, specie d'amore, sono peculiarità dell'animo troppo complesse, difficili da capire e ancor di più da spiegare senza esperienza. Il bimbo si patulla, indugia nei giochi, ma insisto e ribadisco: "Dai, è tardi!". Usciamo. Allungo il passo, rivolgo lo sguardo indietro badando che il bimbo non rimanga troppo distante. In breve arriviamo a metà della scalinata che dalla via principale si snoda su per la collina.

Lei è già lì con il suo tesoruccio, amoruccio, orecchietto, gambina, nasino, ciuffettino, peluccio, codina. Lui guarda la sua Lei con occhi mesti, imploranti pietà, chissà, infastidito o annoiato dei dolci cari nomignoli che sempre più vari e senza pudore gli vengono sciorinati. Lui è un cane alto circa trenta centimetri, lungo una quarantina, sembra un daduccio. Bianco e nero è il suo pelo, quasi sempre nero il suo umore. Questa mattina, come molte altre, ringhiava e abbaiava come un ossesso e Lei, che se lo teneva stretto al petto, a chiedergli e a cercare di capire. " Ma che hai, amoruccio di mamma! Ti fa male il pancino? Scommetto che hai mangiato una delle caramelle che tengo sul comodino, eh, birbante! Oggi ti cucinerò un bel risottino, vedrai come starai bene. E non ti arrabbiare, diventi nervoso e non dormi la notte. Cattivone!". L'amoruccio non voleva stare in braccio. Nel frattempo in cima alla scalinata aveva fatto la comparsa uno stupendo e robusto pastore. Dimenandosi con tutta l'energia che aveva addosso e ringhiando, Lui è riuscito a scivolar via dalle braccia della sua Lei e con un'inaspettata dose di velocità in pochi secondi era presso l'amico sconosciuto. Circostanziati i convenevoli, annusatina al di dietro, girotondo in senso antiorario, lieve grugnito e rapida decisione di scorrazzare insieme per il prato. Il bimbo giocherellava intorno a un albero e io, molto curioso, mi sono avvicinato ai padroni sicuro di sentire, lo confesso, qualche balordaggine. Fatte le presentazioni ed elargiti i reciproci complimenti sui loro beniamini, i due sono entrati subito nella tematica a loro cara, il cane. Nuotavano, si tuffavano nell'oceano dell'amore canino e ne riemergevano, annuendo e trovandosi d'accordo con cenni del capo e a parole, con argute esposizioni e precisi ragguagli sul cibo, sul riposo, sul comportamento, sulla socializzazione, sul tempo libero dei loro cari. Confesso da profano che la cinofilia è sempre stata per me materia inesplorata. Le poche conoscenze sul comportamento, sulle emozioni e sull'educazione dei cani sono frutto dell'esperienza fatta con il mio Pluto. Di certo non potrei competere nelle osservazioni e nei giudizi sulla vita di un cane con intenditori che si bevono centinaia di scritti scientifici e passano due volte la settimana dal veterinario per informarsi sui nuovi ritrovati dell'alimentazione o su chissà che per ottimizzare le funzioni psicomotorie dei loro gioielli. Ma di quella profonda conversazione un punto mi ha colpito: le due care bestiole siedono ogni pomeriggio, siedono, dicevano, sulla poltrona davanti al televisore, affascinati, a detta dei padroni, da una seria trasmissione sui cani. Dopo aver espresso la loro approvazione che era davvero l'ora che l'Ente televisivo di Stato avesse dato spazio a un programma, o meglio, a un servizio su e per i loro pupilli, ritenevano tale pratica non solo giovevole ché l'osservare il comportamento dei colleghi sicuramente avrebbe sviluppato nei loro amorini tolleranza, autocontrollo e una visione più aperta della vita, ma addirittura eupeptica. Lei consigliava, insistendo, al fresco conosciuto la visione in videocassetta, almeno una volta la settimana, di un documentario autentico o di cartoni animati su aspetti di vita quotidiana dei cani, durante la quale, ed era ovvio, non dovevano comparire scene di lotta o di caccia. Del tutto sconsigliabili, perché violenti, film del tipo Zanna Bianca, ne andava dell'equilibrio psichico delle care bestioline. Nella foga della sua omelia, tra l'altro diceva di voler farsi a breve promotrice di un'azione firmataria a favore dell'incolumità fisica dei cavalli ché scene filmate come quelle delle lotte tra bianchi e indiani o la corsa del Palio di Siena erano un'offesa e una mancanza di rispetto al mondo delle quattro zampe. Lui sottolineava con – ma non si può, è indecente, ma che mondo!, ed io ricevevo precisazioni e chiarimenti sui modi di vivere, sui rapporti sociali dei loro pupilli, sull'indifferenza dei singoli e della società e soprattutto degli amministratori locali nei confronti degli animali. Pensavo, chissà se, mentre guardano la tivù, i due principini di casa vengono serviti di biscotti al burro fatti venire dalla Danimarca. E se io possedessi di nuovo un cane? Con me sarebbe un disgraziato. Io, come avevo fatto con Pluto, lo porterei per il bosco a correre, a scorrazzare per le valli, a tuffarsi nei pozzi o nuotare nel mare, curerei la sua alimentazione diciamo alla contadina, non gli permetterei di sedere davanti al televisore, non lo porterei dal parrucchiere e non mi preoccuperei - oh Dio che ti succede!- ogni qual volta menasse il naso per l'aria. Il mio comportamento sarebbe agli occhi di questi intenditori e consulenti mostruoso, brutale, ma vorrei risparmiare a me visite da uno psicologo e al cane sedute analitiche da un cinopsichiatra.

All'improvviso il dadotto è ruzzolato. Non dico lo stato di agitazione e di apprensione di Lei. "Ciuffettino mio dolce, che ti è successo? Ti sei fatto male? Doveee! Fai vedere a tata tua! Ah, ti sei rialzato, grazie al cielo! Stai attento, dove vai, vieni qua da mamma tua, quante volte te lo devo dire, non vedi quel brutto albero davanti? Se ci vai a sbattere ti fai tanta buba! Guarda dove metti le zampe, quante volte te lo devo ripetere, non mi ascolti, eh? Non vedi che il prato è bagnato, è viscido, è in discesa, scivoli... Gesú mio, che spavento, che brividi, mi fai morire di paura! Dai retta alla tua mammina che vuole solo il tuo bene! Vieni subito qui! Vergogna, non scappare, sai! Che fai, non intrufolarti in quell'erba, è ortica, brucia! Cattivone! A...a...attento! Eccolo che… Lo scalino è alto, scivoli di nuovo! Ooohhh, ce l'ha fatta, meno male! Che paura, Dio mio!".

Si era alzato il vento, il cielo si stava scurendo, i primi goggioloni battevano, schizzando, la patina di polvere sparsa dovunque, rendendo scivolosi il prato e la strada. Le premure di Lei d'un subito si sono allora convertite in un terrificante stato confusionale: apprensione, batticuore, smarrimento e terrore erano fusi in un tutt'uno. "Piove, oh mio dio, dov'è, dove sei, perché non viene, ti vedo, vieni qui, sotto l'ombrello, corri vieni amoruccio mio, ti bagni, ti prenderai un raffreddore, vieni subito qua! Eccolo, sta arrivando, arriva, oh è arrivato il mio amore, oh, dolce che sei, oddio sei tutto zuppo, chissà che freddo, qui in braccio, ci pensa mamma a riscaldarti!", e baci e baci e baci e controbaci. Il poverino guaiola e uggiola, un abbaio all'occasionale amico di gioco, guarda la sua lei con occhi imploranti, mugola come dire: " Ma non ti rendi conto come sono felice quando sono fuori di casa, corro sul prato, rotolo come una palla, mi strofino nell'ortica, salto gli scalini a due a due, abbaio più forte del solito, mi bagno sotto la pioggia, digerisco correndo i chili di carne e di croccantini che mi fai ingozzare, complici della mia rotondità assieme alle gocce di vitamine che quel pazzo di veterinario per tua bontà e grazia mi ha ordinato? Ma non capisci che io sono felice, quando posso fare anche per pochi minuti una vita da cane?”. Povero caro Lui, lei non ti potrà mai capire. Preoccupata e soprattutto innamorata com’è di te, d’ora in poi avrà maggiori premure, ti starà più appiccicata, ti terrà sotto controllo come un sergente, e i suoi assilli, i patemi, le sue preoccupazioni, le inquietudini accompagneranno il vostro cammino. E per il grande amore che ti porta, ti rimpizzerà di troiai, ti cambierà i cuscini nella cuccia due volte la settimana, ti porterà più spesso dal parrucchiere e aumenteranno le visite dal veterinario. E quando la mattina dovrai uscire per necessità, la tua Lei ispezionerà come un secondino la strada dalla finestra, ti vestirà per l’occasione se piove, tira vento, nevica o c’è il sole, ti porterà in braccio per le scale e, guardinga e nevrotica, ti poserà per terra, al guinzaglio. Tu menerai il naso per l’aria, ti guarderai intorno nella speranza di incontrare un occasionale compagno di carcere, di poter affrancarti dalla tua Lei per vivere pochi momenti di libertà, ma non potrai. Io non so cosa posso fare per te, tu hai fatto molto per me. Grazie, dolce caro dadino.

Un sogno non è mai soltanto un sogno.

Stanley Kubrick

Il sogno

Appoggiati i gomiti sul balzuolo della finestra, il viso nel palmo delle mani, guardavo le stelle. Mai le avevo viste rifulgere come questa sera, una luce viva e arcana che invitava a fantasticare e stimolava il desiderio di cose lontane. La quiete notturna, interrotta a sprazzi dal frinire dei grilli innamorati, dal frusciare della talpa lungo la siepe, dai lanternini intermittenti delle lucciole che sul prato indicavano la via del ritorno alle formiche ritardatarie, infondeva serenità.

La volta del cielo era unica, scrutavo il suo diffuso splendore, vi cercavo qualcosa, così, semplicemente, senza un perché. Mi sentivo appagato, rilassato e vagheggiavo desideri, capricci, aspirazioni, amori. Un gradevole senso di benessere mi inebriava, mi venne da sorridere.

Nel mentre, una voce misteriosa, flebile ma risoluta, m'invita a esplorare nella volta del cielo ciò che all'occhio umano non è dato da vedere. È una prepotente e allettante tentazione, ma come fare? Mi lambicco il cervello, e mentre cerco una soluzione già mi sento lievitare, e una sensazione indefinibile di meravigliosa perplessità mi prende. Mentre m'innalzo tra nuvole sparse rischiarate dalla luna, il luccichio degli astri si fa più splendente. Vie luminose brillano nello spazio infinito, s'incrociano, si diramano, una più lucente delle altre, sembrano indicarmi una rotta, verso settentrione. Punto allora in quella direzione, sopra l'orizzonte, e mi appare in tutta la sua bellezza Callisto, e rifulge Dubhe vivida e intensa, e brilla Alkaid, l'azzurra. Veleggio tra le costellazioni, e sfavillano dorate nell'immensità dello spazio le trecce sciolte della divina Berenice e grandeggia nella sua rossa luminosità Arturo. A un tratto si trasformano quei corpi celesti e sono creature viventi. Mi viene incontro Pegaso, forte del sangue di Medusa, e galoppo con lui per liberare Andromeda, capovolta e incatenata alla roccia, dalle fauci di Cetus. Incrocio Cassiopea e Cefeo, Deneb, Vega, Altair che domina le notti in estate, Sirio la fulgente, le Pleiadi e Aldebaran. Un groppo mi stringe, ho il batticuore, sono radioso, eccitato, incredulo. Nella frenesia del volo grido nello spazio la mia ineffabile emozione, l'ebbrezza del piacere. M'impenno, scendo in picchiata, mi libro con eleganza nell'infinito, ripiombo, passo i confini dell'atmosfera, rallento, plano, sono di nuovo sulla terra. Discendo veleggiando e mi culla la brezza notturna che rinfresca e acquieta l'aria di un mese altrimenti afoso. Un concentrato di luccicori attrae la mia attenzione. Sospeso nell'aria, osservo, è la mia città. Riconosco le chiese dai campanili, le piazze, i monumenti, le fontane, le strade. Viro ancora più in basso. Ecco la via dove abito io. Rasento i tetti delle case, i giardini pensili e gli ippocastani che in due file la ombreggiano di giorno. In questo straordinario volo sfioro con le dita le teste di due gatti innamorati che si fanno le fusa sopra un balcone. Ci ho preso gusto a volare, solcare il cielo, sfrecciare, cabrare, discendere, veleggiare, libero. Mi sento un mito. Prendo a fare a gara in velocità con i tram che a quell'ora tarda riportano a casa stanchi e assonnati i passeggeri, che, pur nei fumi di Morfeo, saltano dal sedile appena mi scorgono. Un vecchiotto strabuzza gli occhi, la bocca aperta, mentre i baffoni alla Francesco Giuseppe gli si rizzano come birilli. Una ragazza mi fissa, chissà, mi crede il principe azzurro, sviene sorridendo. Luci si accendono nelle camere, finestre si aprono, balconi si popolano di gente che guarda in alto, agita fazzoletti, lenzuola e persino bandiere. Voci si levano, vengo acclamato, con cenni delle mani mi si invita a scendere. Una folla esultante intanto si è riversata per le strade e nella piazza centrale, una marea di candele accese ondeggia in armonia. In breve quella moltitudine è una ressa, tutti vogliono essere in prima fila per vedermi. È uno spingi spingi di curiosi che assume dimensioni poco simpatiche. Un cordone di poliziotti tenta di arginarne il flusso, e solo grazie al tempestivo intervento dei vigili del fuoco è possibile ripristinare l'ordine. Plano con difficoltà. Osservo quei volti, alcuni stupìti, altri entusiasti, altri discreti. Tra i tanti ne riconosco qualcuno: il mio capo, impeccabile come sempre nell'abito scuro e cravatta gialla; la giunonica vicina di casa, fasciata da uno striminzito babydoll; la nonnetta dell'appartamento di sotto al mio, che mi indica al suo cane, un volpino che mi innaffia ogni giorno i fiori dell'aiuola e poi mi abbaia come a dire: te l'ho rifatta!; il fornaio di zona con l'impasto che gli lievita tra le mani. Taccuini reclamano un mio autografo. Mi sento, devo confessarlo, orgoglioso e felice, tuttavia una certa apprensione mi stringe. Qualcuno svicola, riesce ad avvicinarsi, mi tocca, incredulo, non può rendersi conto che io sia di carne e ossa. Un professorone mi studia con grande interesse con una spessa lente d'ingrandimento, mi bussa tre volte sul dorso, due volte sul petto, tasta gli arti, da una lampadina tascabile inietta luce verdastra nei miei occhi, si rivolge alla folla, comunica con un leggero movimento verticale della testa le sue convinzioni, è compiaciuto. Urla di tripudio si librano nell'aria mentre fiumi di flash e di luci si abbattono senza pietà sul mio volto. Corrispondenti televisivi e radiofonici, fotografi, videoamatori mi sono dintorno, sottoponendomi a un'ardua prova di condizione fisica e psichica. Chi mi chiama, chi m'invita a pranzo, chi a passare il fine settimana in campagna e in montagna. Addirittura il segretario personale del primo ministro, giacca arancione pantaloni verdi camicia bianca dal colletto azzurro e farfallino viola, mi supplica di essere ospite nella residenza estiva del Capo di Gabinetto. Sono spaesato. Sento un forte desiderio di allontanarmi, di affrancarmi, spiegarmi di nuovo alle correnti del cielo, gustare lo spazio. Qualcosa però mi trattiene, m'imprigiona, mi sento pesante, impacciato. Provo a spiccare il volo. Un lampo violentissimo, un dolore lancinante e intenso attraversano la mia testa. Apro gli occhi, sono sdraiato per terra. Ho battuto la testa sullo spigolo del tavolo accanto al divano, sul quale ogni sabato pomeriggio mi stendo per il pisolino. Mi alzo, vado in cucina, metto a cuocere il caffè, il telefono squilla: "Pronto, ah, sei tu! " e così, tra una chiacchiera e l'altra, il caffè brontolando si versa sul fornello, un odore pungente di bruciato invade le stanze. Marco per essere utile in cucina si brucia due dita, una freccia di legno scagliata da Fabio centra il lampadario, Valentina per fare le carezze al pappagallino rovescia la gabbia sul tappeto, mia moglie, presa da una crisi di nervi, esce di casa sbattendo la porta, la giacchina messa alla rovescia, tanto che impazzisce a trovare i bottoni.

Amore è violazione dell'integrità degli individui,
è toccare con mano i limiti dell'uomo.

Umberto Galimberti

La grullaggine
Parte prima

Quante volte si era tuffato in quel pertugio di mare dal ponte sullo Scalettino. Lo sciacquio delle barche, beccheggianti sulla prua per il peso dei tramagli, tratteggiava increspature che s'inseguivano piccole e lineari, poi curvavano sotto il ponte, cozzavano uno scoglio sciogliendosi verso il largo nello specchio ora nerastro ora turchese dell'acqua. La fievole luce del sole ne filtrava la superficie e si offrivano alla vista sabbia e alghe, imbrunate dalla sagoma massiccia della Torre. In quello specchio sciami di bogastrelle e di saracine si rincorrevano disegnando repentini e fantasiosi giochi geometrici.

Appoggiati i gomiti sulla ringhiera di ferro battuto posta a protezione del ponticello, alzò lo sguardo. Immagini familiari.

Le quattro tamerici abbracciate a due acacie sulla cresta del Fondaccio dove ebbero il primo appuntamento, un incontro furtivo, un timido bacio. La meridiana che scandiva il tempo dei pescatori. Lo spicchio di spiaggia dorata che limitava il canale del Fosso della Bótte, da dove le ragazze lo scrutavano, si stringevano l'una all'altra aspettando che lui si tuffasse dal ponte, lei invece un po' discosta, trepidante, e poi il tuffo nello spazio risicato tra due scogli; trattenevano il respiro, le mani alla bocca, pochi gli attimi sott'acqua, lui che sembrava scomparso, celeri palpiti, l'emersione, uno sbuffo. Il bar con la pista da ballo, nascosto fra gli eucalipti, dove dopo cena un vecchio juke-box invitava all'allegria, e le mamme fuori la pista a fissare le evoluzioni delle figlie con qualche moscone che stringeva troppo.

A metà spiaggia l'Aglialochi, imponente bastione di roccia. Di giorno nella sua ombra tra odori di polvere di zolfo e di ferro ci si faceva cullare dalle canzonette di un giradischi portatile e dallo sciacquio sulla battigia.

Declinò a sinistra per le scalette che portano su un lastrone di granito, liscio, inghirlandato di mitili neri e di murso scivoloso in cui albergavano centinaia di bechi. Girò, sempre a sinistra, proseguendo sotto il ponte lungo la strettoia che sfociava al Fondaccio, una mano appoggiata alla volta, l'altra al muro di sostegno. Sarebbe potuto passare dalla parte a destra del ponte, lì gli scogli erano agevoli, alcuni scavati a gradini nel granito da qualche scalpellino. Ma sgusciare sotto il ponte era stata sempre la loro sfida a non cadere in mare vestiti, in verità per svicolare sguardi curiosi e pettegoli, e sgattaiolare poi dietro le agavi, complici dei loro incontri nelle prime ombre della sera. L'acqua lambiva le scarpe. Erano nuove, di pelle marrone, suola rinforzata di cuoio, cucite a mano, che gli sarebbero durate una vita, come aveva detto il calzolaio. Se le era fatte approntare in una bottega di via del Governo Vecchio, un vicolo angusto, imbrattato, lastricato e sconnesso. Sembrava di trovarsi in un basso: laboratori, buie abitazioni, bottegucce, una bettola, due tavolinetti per strada, gente che vi giocava a carte, e parlava, discuteva, gridava, rideva, salutava, tra un bicchiere di vino e un caffè. Alzavi gli occhi al cielo: i panni stesi e la meraviglia dei giardini pensili davano una vezzosa connotazione alla via. Quelle scarpe non erano adatte per andar sugli scogli. Se le tolse, anche i calzini, si arrotolò i pantaloni fin sotto le ginocchia. Superato il cunicolo, se le rimise, ché i denti di cane pizzicavano. Andò avanti. Giunse alla torretta a forma di ferro di cavallo. Si sporse. Inspirò. Un forte odore di scoglio come dicevano i paesani, un odore di salmastro prendeva i sensi. Tante erano le immagini legate a questo fazzoletto di terra e di mare, abbracci, sguardi innamorati, promesse. Si lasciavano coccolare dallo sciabordio delle onde e, nel tardo tramonto, nel luccicore delle prime stelle, andavano incontro all'incanto delle lusinghe. La superficie del mare biancicava per la prima luna. Segmenti, palline e guizzi lucenti sull'acqua sembravano tanti coriandoli argentati, come quando si rincorrono per l'aria nella ricorrenza del Carnevale volando dai balconi, e scendono lentamente da basso frullando, incrociandosi, saltellando, e sembra che non vogliano toccare terra, e nuotano risalendo all'infinito nello spazio in un vivace gioco di luci e di colori. Erano una malìa la striscia luminosa che dal Faraglione si allungava fino ad accarezzare la scogliera lì sotto ai suoi piedi, e l'orizzonte venato di bagliori arancioni e viola dell'ultimo giorno, e nel riverbero lunare la sagoma svirgolata di Montecristo. Sullo sfondo, imponente e misteriosa, una linea nera, la Corsica, una volta terra di migrazione per gli isolani, ove si erano trasferiti alcuni suoi parenti mai più ritornati. I ricordi si rincorrevano. Gli piaceva andar per gli scogli alla ricerca di polpi, molluschi e granchi pelosi, spingersi al largo con la barchetta e farsi cullare dalle increspature del mare, o con il bollentino tra il palmo e l'indice della mano sinistra aspettare a lungo e invano nel crogiolio della vampa estiva un segno dalle profonditá marine, l'abbocco di un bollace o di una perchia disperata. E dietro il Faraglione a totanare con la luna piena, se lo ricordava bene, con lei che faceva le spallucce per l'umido della notte e gli stava stretta stretta per il freddo, e, raggomitolati su un bordo della barchetta, si coccolavano. Non aveva assaporato mai un bacio più dolce. E alle Secche nelle notti di calma cullati dal rollio della barca quando ascoltavano con curiosità e palpitazione il canto misterioso, melodioso e melanconico delle Fallanti, a volte stizzito come il pianto di un bimbo che rimprovera la mamma per essersi distratta, un canto che avrebbe potuto turbare, ma a loro era gradito ché ne carpivano l'indefinibile tenerezza. Non le aveva mai viste le Fallanti, invisibili ai più, e chi le aveva intravviste, si diceva, era sparito. Le voci di paese galoppavano sulla fantasia: uccelli dal viso di donna, nascosti negli anfratti più impervi della scogliera che cantano il dolore di un amore distrutto o la pena di averlo gettato al vento o l'irrealizzabile speranza di vivere quel delicato sentimento che conforta e mitiga l'angoscia.

Una sera nei Pozzarelli aveva tirato su una pisciona. Iniziò a slamarla, ricevette una sbruffata di nero, gli scivolò di mano e ricadde in mare. Aveva pensato agli amici. Chissà che risate si sarebbero fatti a vederlo imbrattato così di brutto! Più tardi, nel bar, raccontò loro di aver preso un totano minimo di un chilo, che la bestia gli era scivolata di mano rimbalzando sul ciglio della poppa ed era ritornata in mare. Sbattute di testa, tanti "poveri noi! A me non sarebbe mai successo! Ma eri solo? A chi pensavi! Ma che ci vai a fare, non è cosa da te!". E poi pacche sul collo e un paio di brindisi a prendere in giro. Con poco li aveva resi felici, era venuto incontro al loro senso di superiore destrezza. Questi pensieri gli riportarono un pizzico di allegria, sopita dal giorno in cui lei gli aveva scritto del proprio matrimonio.

"Proprio di quello ti dovevi innamorare, non ce n'erano altri in giro!", così l'aveva apostrofata la madre, scocciata e delusa, quando le giunsero alle orecchie le voci di paese, "dalla gente devo sapere che fa mia figlia!". Valerie non aveva voluto parlare con la madre, ne conosceva l'opinione livorosa all'indirizzo del ragazzo e della di lui famiglia e sapeva come avrebbe reagito. Neanche le interessava sentirsi dire che, se pure è vero che al cuore non si comanda, c'erano situazioni da tenere presenti, e che non vivevano sole in paese e si sarebbe detto di lei di lui e delle rispettive progenie, un qualcosa da non sottovalutare data la reputazione di cui lei, la madre, godeva, e non era solo un fatto privato, e, da quando il babbo era morto, lei si era accollata il carico della rivendita, e tutto ciò che faceva era per la felicità della figlia. Che Valerie fosse innamorata, se n'era accorta da tempo, e vederla allegra e raggiante e non più ammusonita la rendeva di buonumore, ma di quello! Non lo poteva tollerare, lo rifiutava. No, mai e poi mai l'avrebbe accettato. Valerie era innamorata, a lei bastava. I pregiudizi, le chiacchiere e le costumanze cui la madre dava peso non le interessavano. Stava bene in questo angolo di mondo e non sentiva l'esigenza di trasferirsi in continente, neanche per studiare, un punto su cui la madre insisteva spesso. Una paura incontrollata, quella di immaginare sua figlia sposa infelice e soprattutto quella di rimanere sola in casa, ché Valerie di certo non sarebbe rimasta nell'abitazione materna con lui, l'aveva presa. Si era fatta una posizione e un nome, faticando giorno e notte nel piccolo spaccio in cui si poteva acquistare di tutto. Ci teneva a quel nome, e aveva sognato e sognava per Valerie una vita diversa dalla propria. Già prima della chiusura della miniera aveva capito che si sarebbe aperta una nuova e ricca stagione, il turismo, un campo sterminato e fertile dove, se seminato e concimato bene, si sarebbero potuti raccogliere frutti in abbondanza. Aveva investito e aveva raccolto: appartamenti e case. Ma voleva investire e raccogliere di più: la figlia avrebbe studiato in collegi elitari, avrebbe conosciuto il contesto sociale che conta, quello agognato, dove Valerie avrebbe trovato una legittima collocazione, e anche il vero amore. Per Valerie tutto questo non era importante. E ora questa faccenda con il figlio di... Doveva fare qualcosa, ma cosa senza vederla soffrire e perderla? Aveva solo lei. Parlavano poco a casa, del più e del meno. Lui era un argomento su cui cadevano i pensieri, non le parole. La tensione fibrillava. La madre si struggeva, sapeva che la gente ne godeva. "È cattiva e invidiosa", diceva. Aveva ragione, la gente era sciocca e maligna, sparlava volentieri, ma soprattutto era invidiosa del piccolo impero economico che era riuscita a costruire, lei, una donna. Aveva riscoperto il sapore della preghiera, il valore sociale delle funzioni religiose, partecipava alla recita del rosario di pomeriggio e alla messa del mattino, ma il retaggio dell'importanza delle necessarie suddivisioni delle classi sociali e delle diatribe di paese le stavano più a cuore dell'amore cristiano. Era una spalla solida e generosa per il parroco e sugli altari non faceva mancare i fiori e curava con estrema devozione quello di Santa Lucia. A questa aveva fatto un voto: "Tu che sei la Santa della vista e vedi meglio di me, guarda che mia figlia mai e poi mai si sposi con quello. Giuro e stragiuro sulla buonanima di mio marito, a te devoto, che di tasca mia farò rimettere a posto la cappella diroccata a te dedicata, se mi farai questa grazia!".

Un pomeriggio Valerie le comunicò che stava frequentando il forestiero che aveva aperto un'attività sul lungomare. Si sentì rigenerata. Le chiacchiere di paese, data la forte differenza di etá tra i due, non la toccarono. In breve il matrimonio. Santa Lucia l'aveva ascoltata. Mantenne il voto. Saputo dell'arrivo di lui, si era recata a casa della figlia. La pregò di non commettere sciocchezze, neanche per sbaglio un saluto a quel coso, così lo apostrofò, incontrarsi poi con lui sarebbe stata una tragedia, lui che era tornato di sicuro per rovinarle la vita, quel poco di buono, che era di un'altra razza non della loro, che se le voleva veramente bene sarebbe rimasto in città. Ne andava del buon nome della famiglia e del rispetto per suo marito. Non voleva scandali.

Gli sedette accanto com'era stata solita fare.

- Lo sapevo di trovarti qui.

- Ciao.

- Non mi hai sentita arrivare?

- Sì, ti ho sentita arrivare anche se eri a piedi scalzi.

- Non l'hai dimenticato.

- Ho sentito i tre tocchetti della campana dell'Ave Maria. Ho pensato: ora le ragazze escono da casa, i ragazzi si avvicinano e poi insieme a passeggio, su e giù, dal Trenino all'Aglialochi fino all'ora di cena. Noi non l'abbiamo mai fatto. Venivamo qui.

- Come stai?

- … Il mare mi è mancato molto.

Era teso, tamburellava le ginocchia con le dita. Lo scrutava. Sentì lo sguardo forte di lei. Si voltò, si guardarono. Quegli occhi scuri, misteriosi, lo avevano fatto dannare e la fragranza di quel corpo era sempre prepotente, penetrante, seducente. Lei abbassò leggermente la testa, si passò le mani sulla faccia, poi sventolò i capelli che ricaddero leggeri sulle spalle. Era il suo modo di fare quando aveva preso una decisione, quando voleva dire qualcosa d'importante per lei.

- Sei sbarcato da tre ore e tutti parlano di te.

- Vuoi dire di noi.

- Hai ragione, di noi. Conosci com'è la gente.

- Brava, dolce, carina e simpatica.

Sorrise. Le vennero in mente le volte che gliela aveva detta quella frase, quando lui pretendeva un bacio per strada, e lei si scherniva e gli diceva: - Ci vede la gente, poi parla -, e lui che le rispondeva: - E falla parlare, la gente è brava, dolce, carina e simpatica!

- Non mi chiedi come io stia?

- Dovrei?

- Non devi. Se ti disturbo, me ne vado.

- Non mi disturbi.

- Ho sentito il bisogno di vederti.

- Perché?

- … quanto tempo rimani?

- Non mi hai risposto.

- Neanche te mi hai risposto.

- Rimango per tutto il tempo in cui posso gustare questi colori, questi profumi. In città mi sono mancati.

Sarebbe rimasto. Lo aveva desiderato. Ne fu turbata e felice. Si guardarono. Lui si voltò a osservare il mare, lanciò qualcosa nell'acqua, non aveva nulla in mano. Inspirò il salmastro. Lei cercò di nuovo il suo sguardo.

- So che è una grossa richiesta, vorrei un bacio, un ultimo, poi non ti cercherò più… Ti amo!

- Ho un'immagine nella mente che condiziona i miei pensieri, i miei sentimenti, un'immagine che tu hai creata, che ha ancora il sapore di una dolorosa sorpresa, che ha fruttato profonda e amara delusione, che ha scatenato in me una lotta tra ragione e affetti, che ha stravolto le mie aspettative, i miei desideri, i miei sogni. È un'immagine che ha calpestato il mio amore, vanificando, così, la fiducia, la stima, il rispetto per te; che sconfessa e mi fa rifiutare ora l'attendibilità di ciò che mi offri. È un'immagine odiosa, ma non riesco a odiarti. È un'immagine che giustifica il mio atteggiamento nei tuoi confronti, il non averti voluta più né sentire né vedere. Le tue parole sono studiate, inaccettabili. Vogliono legittimare i tuoi sentimenti verso di me, ma quali sentimenti? Tu non provi sentimenti, se non uno solo, l'amore per te stessa senza se e senza ma, te primadonna che ama essere circondata da ammiratori, e poi li schiacci, e ne cerchi ancora. Non posso… non voglio darti la possibilità di farti credere e di crederti. "Sono inaffidabile, non so essere diversa" mi scrivesti, una conferma della tua visione di vita, una discolpa e una legittimazione per i tuoi comportamenti… Un bacio? Sarebbe amaro, doloroso.

- Le tue parole sono sprezzanti. Ti amo, anche se non mi credi. Non ho la capacità di spegnere l'interruttore dei sentimenti e far finta che non ci sia stato mai niente tra di noi.

- Tu vuoi il piacere. Il tuo piacere.

- Ti amo.

- Troppe volte me lo hai detto, e hai fatto un'altra scelta.

- Non ho fatto un'altra scelta, mi sono sposata.

- Già, ti sei sposata!

- Non ha senso parlare… nulla ha un senso… Me ne vado. Non ti disturbo oltre. Sono qui perché ti amo. Farti del male no, non volevo anche se sapevo di fartelo. Sono stata triste per non averti sentito più, è stata dura come adesso che ti ho rivisto. Ho aspettato con ansia che tu tornassi, per stare ancora una volta con te, parlare con te, dirtelo a voce che ti amo, che mi dispiace di averti procurato sofferenza. Ti amo, le tue parole mi feriscono moltissimo, questa tua chiusura nei miei confronti mi addolora. Te, mamma, un continuo stare in pena, vivere sulle spine, la decisione di sposarmi, una brava persona. Come spiegarti? Non accetteresti alcuna ragione. Sono sicura di quello che nonostante tutto sto provando per te, ma non posso stare con una persona che si è fatta delle convizioni errate sul mio conto.

- Convinzioni errate? Mi hai scritto che ti mancavo, che ti sentivi sola e soffrivi, poi che uscivi con uno, un'amicizia, ti era vicino. Ti sei solo sposata. Mi hai preso in giro, hai offeso i miei sentimenti. E ti meravigli che io abbia voluto rompere ogni rapporto con te? E ora, riscopri il tuo amore per me?

- Non ho calpestato i tuoi sentimenti. Tu la vuoi vedere così. Mi sono allontanata da te perchè tu hai messo in dubbio i miei. La tua gelosia è una delle ragioni che mi hanno portato a essere distante e a vedere impossibile il nostro rapporto.

- Che attrice!

- Ho capito. È meglio chiudere, davvero, ogni rapporto. Il tuo interesse per me come persona è pari a zero. So che non potrei vivere con chi mi accusa, sospetta e non si fida di me.

- Sei qui adesso, e tuo marito non sospetta e si fida di te?

- Gli ho detto che dovevo parlare con te, un'ultima volta.

- Continui a fare la ragazzina, non dovresti esserlo più da tempo. Per te valgono solo gli impulsi del momento, i tuoi capricci, le tue smanie, le tue fantasie. Tu vuoi tutto e, anche se non sembra, vivi di facciata. Non cambierai mai perché ti è piacevole e molto comodo questo bizzarro vivere. Mi hai tolto anche l'illusione che tu una volta mi abbia veramente amato. È l'ultimo male che mi potevi fare.

- Hai una bella immaginazione! Sei molto bravo con le parole e mi stai facendo male. Ti stai vendicando. Mi ero creata l'idea che tu fossi comprensivo, che mi accettassi così come sono, che mi credessi. Sono stata stupida a pensare che tu fossi la persona adatta a me... Purtroppo il mio amore per te non è svanito. Il tuo è astio.

- Ho provato rabbia nei tuoi confronti, ma non astio.

- E ora?

- Provo per te un sentimento che accompagna il mio presente, che non si attenua e mi procura dolore.

Compatti ed estesi strati di lividi nembi avevano coperto l'aria. Dal mare si era sollevato il vento, energico, freddo.

Penetrava.

Si trovarono più vicini.

Chiusero gli occhi.

Si respirarono.

Brividi lungo il corpo.

In lontananza tuoni rabbiosi annunciarono il temporale.

Solo due cose sono infinite: l'universo e la stupidità umana, e non sono sicuro della prima.

Albert Einstein

La grullaggine
Parte seconda

Alta e bionda, come quelle di cui s'innamorarono i Romani, tant'è che le rapirono per farle loro spose. Rossetto pesante, occhi celesti da gattamorta, jeans neri stretti in vita che sembrano schiantare, scarpe bianche da ginnastica, camicetta chiara attillata nella quale il seno ancora velleitario reclama attenzione.

Naso e zigomi pronunciati, capelli neri, impomatati e scrinati, codino intrecciato che cade sulla spalla sinistra, stomaco pronunciato, le gambe gli ballano nei jeans a cinque tasche, camiciotto pelle di camoscio con girocollo di cotone. È immerso nei meandri della cultura, gira tra le mani una mappa della città, volge lo sguardo a destra e a sinistra, è disperato.

Lei gironzola, poi si accosta al compagno, gli appoggia il mento sulla spalla, finge di decifrare la cartina sulla quale lui sgamella. Abbozza un sorrisetto, la fantasia di stuzzicarlo le si legge in faccia, le sfagiola.

- Ma n'do sta sto cavolo de via!

- Amore mio, me ffai tenerezza, me sembri un ricercatore der Cnel.

- E che me corbelli de prima mattina?

- Quanto sei dorce amore mio quanno me rispondi accossì, me sento… nun te dico come!

- Aho, qui la cosa è seria. Se nun trovamo la via, ce perdemo pure la zompata dell'orologio.

- Ma c'avemo ancora tre ore de tempo! Ma perché te stressi, nun te devi mica scoprì l'America.

- E statte bbona, nun m'interrompe', du' minuti e ce semo.

Ventotto Maggio, ore nove, cielo sereno, una lieve brezza da maestro, le strade ancora leggermente umide per la guazza notturna, gente impaziente alla fermata dei mezzi pubblici. In attesa del tram, sbirciavo una topona rossa minigonnata e sculettante che aveva attirato lo sguardo godereccio di un vecchiotto, e la moglie a tirarlo per la manica: vergogna!

La coppia era a due passi da me, davanti a una pasticceria. Lei si stava spazientendo, ballicchiava appoggiandosi sulla punta delle scarpe. Ogni tanto sostava lo sguardo nella vetrina, un mare di ghiottonerie, si osservava le rotondità, sospirava. Scrutava poi il compagno, scuoteva la testa. Lui era un tutt'uno con la cartina della città, grugniti misteriosofici provenivano dal profondo della ricerca, che si traducevano - a li mortacci sua, sta fija de 'na mignotta, n'do sta sta' cornuta de via!-

- Allora, gnente?

- Gnente de che.

- Come de che... la via... ma hai letto bbene er nome della via?

- Aaah!

- Scusa, eh, che ce vorrà!... Nun te sta a preoccupà, ce penso io, statte bbona te, è tutto ochei. E chiede, no!

- Arridaje, che chiede e chiede, che se fanno ccossì le cartine?

Li stavo osservando, mi facevano tenerezza, mi venne da sorridere. La signora lo notò, e sottovoce ma non così che non sentissi:

- Oh!

- De novo.

- Quello ce guarda.

- Quello chi?

- Quello lì, co' giornali sotto ar braccio, co' capelli griggi.

- Ah, er gufo!

- Perché er gufo?… E ce risemo, che fai er geloso?

- Se fosse?

- Quello me sa che ce capisce.

- Er crucco?

- Ammazzete quanto se' acido stamane.

- Io? Anvedi questa! Amore mio, lassame sta', sto 'mpegnato, nun me confonde.

- Oh, er tipo ce guarda davvero.

- E fallo guardà, faje 'na moina, tanto è straniero, che ne sa lui che so' le moine.

- E se ce prova?

- Fa' un po' te, lasseme studià sta cartina, amore de mamma.

La signora si mosse, dette uno sguardo distratto alla vetrina, mi sbirciava, ciondolò davanti a me un paio di volte con palese curiosità. Cercai di far l'indifferente, aprii uno dei giornali stranieri che tenevo sotto il braccio, lo sfogliai, feci finta di leggere.

Mi gironzola intorno, si ferma, scruta, poi trotterella verso il compagno, gli sussurra qualcosa, mi tiene sotto osservazione, mi sorride, confabulano, mi guardano, discutono, lei sbuffa, ridiscutono, lui allarga le braccia, ha vinto lei.

Rompono gli indugi, con una falcata napoleonica superano i due passi che ci separano, lui mi abborda:

- Iù spicche italien?

- Un po'ino!

In breve, dopo la schermaglia dei mi scusi e i prego, soddisfeci le loro domande, spiegai come raggiungere la via che cercavano, mi ringraziarono e:

- Ma llei ha l'accento toscano.

- Ell'è che l'ho studiato la vostra lingua in Toscana, a Firenze, per un mese, un corso intensivo, otto ore al giorno, cinque la mattina e tre di pomeriggio. Un po'ino l'accento toscano l'è rimasto!

- Se sente, ca… un mese, ha detto… solo?

- Eh sì, soltanto un mese, purtroppo. La dovevo tornare a lavorare, altrimenti la sarei rimasto giù. Per non dimenticare la lingua, la leggo un po'ino, quotidiani, qualche libro, Pratolini, Morante, Cassola, Bianciardi, Sgarlòn, Malaparte, Calvino.

- Ammazzate!

- Da 'un dove la siete, voi?

- De Roma, o mejo de Nemi.

- Ah, il paese delle famose navi del lago di Nemi.

- Sì, proprio quello… comunque, grazie, grazie veramente per la disponibbilità e la gentilezza!

- 'Un c'è di 'he, l'è stato un piacere. Buona giornata.

Ci salutammo cordialmente, si allontanarono parlottando tra di loro.

La giornata del giovedì in genere è piacevole. Esco da casa verso le otto e mezza, prendo il tram per due fermate, mi ciondolo nei negozi, qualche volta mi siedo in un caffè. Se è bel tempo mi bighellono nel parco, su una panchina al sole mi godo il dintorno, la fantasia esplode, ne penso di tutti i colori in tutte le tinte, belle, divertenti, gradevoli.

Questo giovedì, dopo la simpatica chiacchierata, niente tram, mi sono incamminato verso l'Università, ho tirato dritto, ho allungato il passo, non so perché. Era una bella giornata, cielo limpido e soleggiato, un venticello birichino, si stava bene e non ero in ritardo. Alle undici inizio un ciclo di lezioni. In genere arrivo in istituto un'oretta prima, un salutino alla segretaria, posta da leggere, da smistare, da rispondere, due chiacchiere con i colleghi, una sigarettaccia e poi un'altra ancora. Oggi sono arrivato troppo presto. Nella sala d'attesa l'automatico del caffè scodella un liquido dal sapore indecente e offensivo al palato. Mi sposto in giardino, m'assaporo una sigaretta. È un angolo di distensione e d'incontri, il giardino. C'è sempre qualche tuo studente, si parla del più e del meno bando alle formalità, ridi e scherzi, stabilisci un rapporto di fiducia, poi, durante le lezioni, noti maggiore coinvolgimento, impegno, interesse. Una vecchia collega un giorno mi ha redarguito:

- Troppa confidenza! Tu sei un docente, distanza, mio caro, distanza! E poi, codesti capelli, così lunghi!

- Stai tranquilla, mi taglierò le punte.

Salgo al quarto piano, entro nello studio. Arredamento da magazzino ferri vecchi riciclati, efficiente dicono in direzione: armadietto, scrivania, tre sedie, due scaffali che traballano, una lampada malaticcia, computer tipo gli Antenati, telefono, meravigliosamente grigi, pavimento plastificato, qua e là ciuffi di lanugine. Due poveri ficus semisempreverdi reclamano un altro ambiente. Controllo la posta elettronica, uno sguardo agli appunti, riordino le cartelle, sto per andarmene.

- Buongiorno!

La coscienza. Se ne sta appollaiata sul ficus. La luce del sole la irradia. Non è prevenuta né maldisposta, ma mette a disagio.

- Come va?
- Bene bene.
- Sicuro?
- Certamente, non dovrebbe?
- Non dovrebbe.
- E perché?
- Pensaci un po'!
- La miseria!
- Già!
- Mi sei sempre attorno. Ma le ferie, non te le pigli mai?
- Le prendo con te.
- E … che avrei combinato?
- Lo sai.
- Sempre in cattedra, eh?… Dai, è una bella giornata, stamani.
- È davvero una bella giornata stamani … L'hai sparata grossa alla fermata del tram.
- Addirittura.
- Eh già.
- Ho raccontato una storia.
- Spiritoso!
- Credi proprio che quella coppia non abbia capito quanto d'improbabile ci fosse nel mio racconto? Non saranno mica grulli, quei due!

- La grullaggine è una peculiarità umana, amico mio. Grulli lo siamo un po' tutti, comunque la rigiri.

- Davvero!

- Già! C'è grullo e grullo, chi ci nasce, chi per fragilità o per finezze altrui lo diventa, chi per celia o per passione, quasi una vocazione, vuole esserlo.

- Tu rimugini troppo.

- Ti senti in colpa e ti stai mettendo sulle difese.

- In colpa? Credi proprio che io non sappia che cosa dire, come comportarmi?

- Lo vedi? Ti difendi, ti giustifichi. Ti stai comportando da grullo, come poco fa, alla fermata del tram.

- Mi viene da ridere.

- Già, ti viene da ridere. Sei imbarazzato.

- Sei di fervorino, oggi!

- Non sono di fervorino né di pappina. Potevi riflettere, prima di sciorinare la tua storia. Che quelle due persone non siano stupide, spero che tu lo conceda, è da ritenerlo, ma date le circostanze….

- Date le circostanze?

- Stai prendendo il tutto un po' troppo alla leggera. Avevano bisogno di un'informazione, e tu gliel'hai data; poi? È pur vero che per un consenso o un piacere o una lode uno gioisce o fa rallegrare; per una delusione o insoddisfazione, palese o presunta, si rattrista o fa soffrire; per una critica o un rimprovero s'irrita o indispone: sono contingenze, queste, dovute alla natura che ha in sé senno, coerenza, generosità, desideri, sogni, impulsi, tendenze, l'esser ambiziosi, subdoli, inaffidabili, incoerenti, censori, egoisti, permalosi, scorbutici. Ma che si creda di essere legittimati a fare sfoggio di tutto ciò che passa per la mente, senza rispetto per gli altri, questo non si può accettare. Come hai agito tu, ci ascriviamo una tronfia e insolente superiorità intellettiva e non c'è da meravigliarsi che possano sorgere malumori, polemiche, questioni e competizioni. Se però qualcosa va storto, allora ci comportiamo da vittime, imputando agli altri e non alla propria sragionevolezza i seguiti negativi al nostro contegno. Per l'agire altrui ci proponiamo invece giudiziosi elargitori di pareri e scelte da fare: tipico spaccato per profilarsi modello e paladini d'irreprensibile coscienziosità. L'uomo, e tu lo sai, è tanto sfacciato da giudicare a priori per reale o potenziale convenienza la molta o scarsa sensatezza di condotta di tizio caio e sempronio. Il connubio tra il tornaconto e l'arrogante convincimento di essere esemplari procura insocialità, ed è attestazione di incivile sensibilità se non è impedito dalla prudenza e dal buonsenso. Con supponenza, commenti a buon mercato e apoftegmi vengono biasimate persone reputandole scialbe e insignificanti, le sopportiamo con sufficienza, accettandole di necessità come un fardello o un trastullo, e ci distanziamo da loro.

- Scusa, ma che vorresti dire che il babbeo, lo sciocco, diciamo il grullo, è giudizioso e ragionevole mentre l'avveduto è uno sciocco?

- Chi nasce grullo vive in funzione di esigenze e di necessità dipendenti da realtà immutabili, quelle dovute alla carenza, totale o parziale, di fruizione ragionativa, per cui agisce di conseguenza e non può diversamente.

- Allora l'esser grulli può giustificare, legittimare, essere da attenuante per un'azione, un interesse, una parola, un comportamento anche sconvenienti, volgari, immorali.

- Il nascere grulli non è in sé né vergognoso né disprezzabile, non travalica, non reclama discolpe né legittimazioni, non ne ha bisogno perché il nato grullo vive l'appagamento dei sensi. La grullaggine, che reclama giustificazioni, discolpe e che legittima disdicevoli tornaconti spudoratezze e volgarità, è di altra forgia: è quella dovuta al credito scriteriato, alla dabbenaggine, all'insulsaggine, alla frivolezza, alle smanie, all'irresponsabilità, all'assurdità, a una speculazione, tipico comportamento di chi si ritiene grillo parlante.

- Non mi dire!

- Il sapientone, e ce ne sono a ufo, si lascia tuttavia affascinare dal suadente riscontro altrui. È convinto ingenuamente di essere oggetto d'interesse e ciò è seducente, dispensa cieca fiducia e si nutre del proprio piacere. Non gli interessa altro. Al primo vero impatto con la realtà si rende conto di essere stato, per la sua acquiescenza, abbagliato ed elegantemente raggirato. Amarezza e scorno ne sono i frutti. Da scorretto e impudente sputasentenze, esige la fondatezza e la validità del suo dire per ottenere considerazione, stima, prestigio. Mette in pratica l'incoerenza, disapprova le rivendicazioni, le aspirazioni e le esigenze altrui avallando le proprie, proprio quelle stesse: spocchiosa dissennatezza. Altre, con cosciente e caparbia trasgressione, fa uno strappo clamoroso con le consuetudini, con gli schemi, con le regole, un qualcosa di unico. Si confronta allora con un micidiale intrico di attitudini sociali e morali, e ne riscuote invidioso consenso, malcelata ammirazione, spregevole rispetto, pettegolezzi e maldicenze. Fiero prosegue per il cammino intrapreso, e fa bene, ma non si rende conto di accettare i dictat sociali e le trame di chi gli sta vicino. Vive così in un incomprensibile assurdo, dovuto alla sua cocciutaggine e arrendevolezza.

Non di rado sfoggia un'oculata opzione di convenienza per ottenere favori e privilegi, squallida svendita di sé stesso, e, bando all'imbarazzo e alla vergogna, decide per un'elezione di vita scriteriata e irresponsabile per rincorrere insensate aspirazioni, per appagare fatue foie, con atteggiamenti di sventurato protagonismo, di comportamenti leziosi, piccanti, eccitanti, sguaiati, eccessivi, scandalosi: un reagente per appiattare paure, insicurezze, un complesso d'inferiorità, una congenita timidezza. L'appetito di primeggiare cresce e trova foraggio in un ambiente ordinario, pacchiano, becero. Vi si tuffa, si nutre di pletoriche smancerie, di traboccanti abbracci, di elettrizzanti baci, di conversazioni dozzinali, edulcorate da un linguaggio scialbo e volgare e da risa sciocche e fragorose, uno stomachevole cliché. Crede di trovare sicurezza e serenità in un mercimonio di amicizie sintetiche ma apprezzate, rinuncia alla vera amicizia, e, con albagia, agli affetti. La facciata, insulsa commercializzazione di sé, è il prêt-à-porter del proprio quotidiano. In questo scenario, patrocinato e tonificato da una cultura grama nella quale un vero legame affettivo non ha né peso né valore, l'amore è un sentimento irrilevante perché amare non è un presupposto di vita. Tuttavia, infastidito dalla presenza di rivali in fieri, cura di tutelare una relazione in atto ché la persona scelta, ora vagheggiata da altri, è sempre una sua conquista, un suo successo che non vuole buttare al vento a occhi chiusi, e, per egolatria, la vuole accanto perché sa che è innamorata e fedele. Questa fedeltà è la carta di credito del proprio ipocrita rapporto con il consenso sociale. Con tale certezza prevarica sempre di più, passa il segno del buonsenso. Sintomatica ne è una nuova mirata scelta di conoscenze di cui si circonda, mediocri, grette, contattate nei bar e instancabilmente sui network. La ricerca e l'offerta di fluttuanti relazioni e il rinutrirsi di minestre riscaldate diventano unica appetitosa e stuzzicante priorità di vita. Sbollono le angosce che rivivono con lacrime e singhiozzi in un momento seppur breve di riflessione sulla propria realtà per ottenere un tanto di compatimento o un consenso di giustificata discolpa per stolti comportamenti. Professa un'idea di vita senza idee, che si risolve in un'insulsa pratica quotidiana che giustifica il piacere, legittimandolo, "per una parola irriguardosa, un gradito compiacimento per atteggiamenti e contegni in sé piatti ma apprezzati". E ciò è ponderato, responsabile, ragionevole?

Ma torna il momento della coerenza. Si rende conto che la propria vita è incolore, un'illusione anzi un inganno, amaro, e ha paura. Non sa che pesci pigliare, ma non vuole cambiare atteggiamento ché le apparenze allettano e seducono, e finge a sé stesso, minimizza il tutto. La frustrazione e la sofferenza ondeggiano nella mente e nel cuore. Si rifugia ancor più nel vittimismo. Desidera un aiuto che poi rifiuta, e persevera in quel ritmo di vita. Non contano i seguiti e i contraccolpi.

- Scusa, tutto questo perché ho detto che non ero Italiano? Non esagerare. È stata una bizzarria, un diversivo, un grillo, un piccolo spasso, un pesce d'Aprile ritardato, senza cattiveria.

- Tutto questo non perché hai nascosto di essere Italiano. Mi capisci molto bene. Non scommettere troppo su te stesso e neanche sugli altri. Le tue parole sono state indisponenti, provocanti, irrisorie, offensive. Per te è una bagattella? Ma bravo! Solo un mese! Pratolini, Morante, Cassola, Bianciardi, Sgarlòn, Malaparte, Calvino! Te la sei goduta, eh!

- Me la sono goduta, perché no? Ma sono sicuro che non ci hanno creduto.

- Dici?

- Ma dai! Forse lei, che mi è sembrata un po' peperina, ci avrà voluto credere, che ne so, per puntiglio o per capriccio, per indispettirlo, o per stimolarlo, o forse… forse perché anche le panzane sono verità.

- Tipici apprezzamenti da grulli! Allora mettiamola così, non saresti curioso di conoscere l'evolversi della loro giornata?

- Sono discreto, e lo sai, come io so di averli aiutati.

- Tu hai dato le informazioni che volevano, ma …

- Ma?

- Li hai ridicolizzati, soprattutto lui.

- Non era mia intenzione.

- Con il tuo piglio da professore lo hai messo alla berlina, gli hai cagionato imbarazzo, disagio, lo hai mortificato davanti alla compagna. Potevi semplicemente dire la verità, invece hai ripulito vecchie etichette lucidando la ruggine.

- Stai scherzando?

- Non scherzo.

- Alcune volte sei buffa.

- Tu ignori che cosa sia successo fra di loro.

- Ma posso immaginarlo, ho dato loro spunto per litigare.

- E non solo.

- Allora ho dato loro l'opportunità per dirsi la verità.

- Con molta probabilità.

- Per quanto dolorosa possa essere la loro verità, forse è stato un disegno del destino l'avermi incontrato.

- Non mi dire! Che fai, filosofeggi?

- No, considero.

- Sapere com'è andata a finire tra di loro potrebbe servire a considerare di più, non credi?

- Sono adulti. La loro vicenda, il chiarimento dei loro problemi o il fiasco del loro rapporto non m'interessa.

- Fai l'insensibile, l'irremovibile.

- Senti, se per merito mio sono arrivati a chiarirsi, potrebbero essermene grati.

- Addirittura! E quale merito avresti? Hai fatto il saccente, il vanaglorioso per il tuo piacere personale, li hai presi per i fondelli, e pretendi anche gratitudine?

- Se li ho aiutati a dirsi la verità, me ne prendo un merito. Credo al valore della verità, per quanto brutale essa possa essere. E credo alla necessità di dirsela e di dirla anche se spesso è spiacevole, perché è il passo più significativo per essere sé stessi, per sentirsi ed essere liberi.

- Dirsi la verità e dirla è certamente importante. Ma il crescere in modo assennato ed equilibrato per una coppia richiede un prezzo molto più alto: l'accettare, il condividere e soprattutto il saper rinunciare a qualcosa cui ognuno di noi tiene, una parte della propria indipendenza.

- Si può stare insieme anche senza dover rinunciare alla propria autonomia.

- Tu parli di stare insieme, il che può essere niente o altro, semplici coinquilini o semplici compagni di letto, e ciò non è vita di coppia. Chi non è disposto a rinunciare neanche a un minimo del proprio io non è mai libero. Solo con questa scelta si è liberi perché dalla rinuncia si ottiene ogni giorno qualcosa di gratificante che consente di considerare il passato senza nostalgia, un'esperienza che non deve condizionare il presente ma essere sorgente da cui attingere per innaffiare, ottimizzandola, la propria crescita umana. Essere liberi trova compiutezza nell'accudirsi, nel consolarsi, nell'essere contraccambiati. Sentirsi ed essere liberi non è il comportarsi come si vuole, approfittando della disponibilità, della comprensione e dei sentimenti del compagno. Sentirsi ed essere liberi comporta sacrifici, da cui prendono vigore, evolvendo e migliorando, la fiducia, il rispetto e la stima reciproci. Rinunciando si accettano i sogni, i desideri, le gioie, i dolori, i limiti dell'altro che diventano anche nostri. È il vero amore.

- Sentirsi ed essere liberi dipende solo dal dirsi la verità, anche se dolorosa. Nascondere o dissimulare fa più male della verità stessa. Le amnesie volute, il non dire ciò che proviamo sono una menzogna che falsifica e stravolge la propria vita e quella dell'altro. Saltano tutti gli equilibri e si peggiora la situazione. Si cresce solo se ci diciamo la verità, e chi non vuole dirla o non ne ha il coraggio, rimanendo fermo nei propri propositi, non è conciliante e tantomeno libero. Chi non è sincero nuota nel mare dell'ipocrisia. È arrogante e iugulatorio. Vive con sensi di colpa, ma non si addebita le responsabilità. Le frustrazioni, le insofferenze, le fobie si trasformano in rabbia, e la rabbia stimola il desiderio di affrancarsi, ma non dal proprio sentire. Si vuole e si cerca l'epilogo del rapporto, adducendo a pretesto un'altra menzogna "il desiderio di stare con te, l'attrazione dettata da un sentimento, la voglia di fare l'amore che io ho sempre avuti, forti" che il compagno non vorrebbe più, e gli si addebita l'onere della fine di tutto ciò che all'inizio della propria storia era affascinante, accusandolo e denigrandolo in modo gratuito, aggressivo, sarcastico e spregevole.

- L'essere liberi non è il vivere il proprio piacere escludendo chi diciamo di amare. È il rifiuto sincero e indolore di una parte del proprio egoismo, è il dare trepidante, emozionante, affettuoso, appassionato. È saper vivere con i litigi, i capricci, le apprensioni, inquietudini, discussioni, polemiche e ostiche riconciliazioni. È l'oneroso perdono per un tradimento, tormento lancinante, per il quale si tribola ché la ferita pulsa e la cicatrice è rosa.

Le tapparelle calano scricchiolando sulla finestra. Il fascio di luce si restringe, la stanza si adombra. Nel silenzio e nel buio delle immagini, una voce, poi un'altra.

- Solo un mese! Però, come te parla bbene l'italiano, anzi er toscano. Mica male!

- 'Sto stronzo... er paese delle famose navi der lago de Nemi! Leonardo da Vinci è morto e c'è rimasto er crucco che sa tutto… mica male… che te piaceva, er gufo?

- Aritonfa! Mica male me riferivo alla lingua. Ma che poco poco te sei davvero geloso?

- De chi? Me ffai ride. Comunque te lo guardavi manco fosse Bradde Pitte, lassamo perde, va!

- Guarda che me l'hai detto te de faje 'na moina.

- Ma che me vôi ddì. Ce so' modi e modi. Te se' messa vicina, hai fatto pure la gamba ciondoloni e l'occhietti dorci.

- Lo sapevo, sei geloso, c'hai er chiodo fisso. Nun se pô guardà un omo, nun dico poi parlacce. Da oggi me metterò la benda all'occhio, come li pirati, anzi a ttutti e ddue l'occhi, te va bbene? E poi, sei pure invidioso.

- Nun hai capito, animé certi geniotti… e te ce credi che in un mese t'ha 'mparato l'italiano?

- Ce credo sì!

- E te pareva, solo li stranieri sanno tutto e sanno fà quarcosa. Noi Italiani, te saluto, eh? Eppoi se l'Italiano è pure marito, peggio ancora.

- Questo l'hai detto te, me sembri complessato. Li stranieri quanno vonno fà 'na cosa, la fanno, nun so' mica come…

- Me? Spieghete 'n po'?

- Gnente, so' sett' anni che te frequenti er corso d'englese, e te ne vieni fôri con iù spicche italien.

- Embè?

- E daje, è redicolo, doppo sett'anni. So' sordi buttati via.

- Tanto pe'comincià so' sordi miei.

- Chiaro, tanto c'avemo li conti separati.

- E lassa perde. Me lo dicesti te, sei in pensione, er tempo ce ll'hai, mettete a studià 'na lingua, è divertente, te conosci un artro monno, artra ggente, artrimenti sempre accasa. Ho seguito er tu' consijo. Oh, pemmé studià 'na lingua è un obbi, nun ce devo mica campà. Me so' messo pure a core quarche volta, pe' fatte piacere e pe' ffa' un po' de fiato. E te, nun ce vai a core? E che me racconti quanno torni accasa? Ho conosciuto uno, ce semo fermati a ffa' du' chiacchiere, ccossì gentile, simpatico, e già, pe' te fare nuove conoscenze è una parte importante de la tu' vita! Ce pôi scrive un libbro de quanti hai conosciuti, sempre uno, mai una, cummé nun ce vieni mai a core, chissà perché!

- Sei proprio un deficiente!

- Te no, te sei sveja, pure troppo, come quanno vai a fatte er taiccí con quelle quattro befane.

- Allora sei pure retrogado, de 'n'artra era. Er taiccí fa bbene ar corpo e pure all'anima, me relassa, sto bbene, me sento più tranquilla. Le quattro befane! Ma che te stai a ddì. So' carine, solari, nun hai visto che fisico che c'hanno?

- Pensa un po', che ce fai te in mezzo a lloro!?

- Sei d'una gentilezza stamani! E meno male che semo in vacanza. - Nammocene via 'na settimanella, è tanto tempo che nun ce famo un viaggetto soli soli come du' sposini, ce farà bbene -. Ammé, me sta a passà la voja.

- Ma tu sfregoli.

- Io?

- E certo, stai a diventà come le zitelle, nun te va bbene gnente. Te sta bbene solo quanno arivi a casa dal lavoro che te trovi la cena pronta, artrimenti te lamenti de continuo.

- Che carino! Arivo accasa dar lavoro e te hai ggià cenato, te nun pôi aspettà, te devi uscì. E n'do vai?

- E daje... Senti, famo 'na cosa mo, ce volemo chiarì perbene un po' tutto?, nun se pô annà avanti ccossì.

- È la prima che c'azzecchi.

- Aricominci cor ritornello? Allora, te fo solo un esempio, pija er taiccì.

- E ce mancava!

- In tutti li corsi der taiccì er maestro, per quer che so io, dev'esse un cinese, artrimenti che taiccì sarebbe?, ma d'una cert'età perché ce deve avé pure l'esperienza. Nun te dico che dev'esse decrepito, che nun sarebbe manco ggiusto. Te e le befane, o le quattro grazie se proprio vôi, sete annate a cercarvelo er maestro.

- Bello e giovane!

- Anvedi questa! Chiariamo, giovane sì, bello direi... oh, ma ve lo sete guardato bbene? Me sembra de vedé la fame che cammina! Ma che ce trovate.

- Nun c'è gnente da trovà, è stata 'na questione d'istinto, avemo visto la foto, c'è rimasto simpatico, c'ha dato fiducia, a corpo d'occhio, e ce semo decise.

- Mo sete pure psicologhe. Comunque, l'artra volta, quanno te venni a prende, t'arricordi?, me fermai dieci minuti a guardà: maestro è giusta sta'posizione, maestro l'appoggio sul piede va bbene, maestro le braccia se tengono ccossì, er movimento delle gambe nun m'arriesce, perdo l'equilibrio, me pô aiutà? Er cinese 'n ha perso tempo. Ma celto, signolina, tlanquilla. E intanto toccava de brutto, nun so' mica scemo!

- Tanto pe' comincià er cinese nun è brutto. Te sei geloso, sospettoso e malfidato. È rispettoso, gentile, educato, sempre disposto.

- E ce credo!

- Aho, e smettela mo, nun sei solo deficiente, pure stronzo!

- E te fai la stronzetta. Quanno vai dar cinese, sei tutta in ghingheri, sembra che vai a struscià, bisogna fà colpo.

- Ma te nun sei mica normale, sei malato, hai bisogno dello psichiatra, ma de quello con li… lasciamo perde, va'. Invece no, sai che te dico, che quasi quasi nun sarebbe mica male cor cinese. È muscoloso, senza trippa. E guardate bbene allo specchio! Lui s'assomiglia pure a Marlon Brando, che me voresti ddì che tu se' mejo de Marlon Brando?

- Spiritosa, ma che battute so'?

- Nun so' battute. E già che ce semo, era un po' che me stava ner gargarozzo. Tu nun c'hai fiducia, nun ce l'hai mai avuta. Me stai sempre appresso, me controlli se arivo tardi o se parto presto, me vieni dietro pure ar bagno, e quanto ce stai, che fai. Ma che devo fa ar bagno! Se canto, me chiedi perché canto, se ho conosciuto quarcuno. E poi, er telefonino mio è più tuo che mio, la vôi ddì la verità, hai dimenticato o no?

- La verità de che!

- Guardame neji occhi, quella storia per me è finita, chiusa, capito? Ma te nun me credi. T'ho tradito, t'ho fatto male, hai voluto ricomincià, m'hai pregato de restà con te, m'hai detto che me vôi bbene, c'avemo ancora 'na vita davanti annoi, se pô rimedià a tutto, t'ho creduto. Potevo stà sola, guadagno bbene, c'ho la mi' casetta ar paese. So' passati du' anni, è chiuso. Mo tiri fôri la storia der taiccí.

- Ho solo puntualizzato.

- Ho capito, allora spiegame un po', come va con Stefania? Hai capito bbene! Pure llei so' sett'anni che te studia l'inglese. Sete du' colleghi inseparabbili. Che me dici quanno annate in pizzeria? Stasera fo più tardi, annamo a magnà 'na pizza all'Arbicocca co' quei der corso. Quei der corso nun ce so' mai, sempre te e llei.

- E se lloro nun vonno venì, li devo pregà?

- Guarda, che scema nun so'. Che me dici della sôra? Avemo fatto du' chiacchiere cor Stefania, è tanto carina, a modo, sempre disposta ad aiutatte. Che te lavora alla Caritas?

- E me vieni a ddì ammé che so' geloso! L'avrai vista sì e no du' vorte.

- E m'è bastato. Io gelosa nun so', ma manco scema, te l'ho già detto. T'arricordi? No? Te lo rinfresco io: cenetta ar lume de candela, gambe sdilungate sotto er tavolo accanto alle tue, minigonna, camicetta aperta, petto tre quarti de fori, ce mancava lo zigano cor violino. Quanno me vedesti arrivà che dicesti? Fa un cardo! De Febbraio! A tutte e ddue ve faceva cardo.

- Te lavori de fantasia.

- De fantasia? Me sa che capisci quanno vôi te. Io t'ho fatto der male, è vero, e te mo… ch' è 'na rivalsa?

- Ma che stupidaggini stai a favoleggià.

- La storia cor Stefania… in fondo in fondo ce sarebbe da ride. Ma cè un'artra de storia 'ncominciata quarche tempo fa che va avanti, un po' troppo seria.

- Mo cè pure un'artra storia!

- Certo che c'hai una faccia! Sei er più grande gesuita egoista ch'abbia mai conosciuto… I sordi, er regalo de mi' nonna per l'abito da sposa, t'arricordi? Ero felice, un ber vestito pe' 'sta occasione, senza spese, ché c'avevamo pure er mutuo per la casa, ho pensato che eri contento, che me dicesti? Ma che ce fai de 'n abito che te metti na vorta sola, è mejo che te lo vendi, ce li magnamo 'sti sordi. Ce rimasi! Nun hai un minimo de rispetto pe' sta cretina che so' io!

- Eh ggià, io so' insensibbile, superficiale.

- Te sei pure troppo sensibbile! La moje petté deve esse solo moje, disponibbile, soridente, deve stà co' fiji, soprattutto de notte, mentre te, er casanova de Nemi, te ne vai fôri fino alle cinque der mattino - Ho bevuto 'na biretta coll'amici, avemo fatto quattro chiacchiere! L'amici ar femminile, l'ex amante de qua e l'ex fidanzata de llà, e quarcuna de fresco. A fare gli occhi dorci e a farseli fà, ritempra lo spirito, dà energia e salute… 'Na biretta e quattro chiacchiere! Fino a quell'ora nun sei mai stanco.

- Ma che so' ste illazioni?

- Oh, come parli forbito, illazioni! Che 'n'è vero che tutte le sere doppo cena te ne vai ar barre dove lavora la sora Ines, la cilena, e torni accasa nun lo sai manco te quanno? E mm'hai capito. Ma che te se' messo in testa, de fà er pleiboi de Bologna?

- Nun te capisco.

- Quello che co 'no sguardo fa abbassà o arzà la gonna.

- Ortre che spiritosa sei pure poeta.

- Io poeta nun so e manco poetessa, e te ripeto nemmeno scema. Te 'nvece sei un vero plei, atté piace quanno una te resiste, te piace er tiremmolla, la vôi fa maturà, aspetti che se l'abbassi o la arzi da sé la gonna. So però che llei è giovane, ha una bella carozzeria, sguardo allettante, capelli colorati, minigonna ma mini mini, le se vede er paradiso, te che fai, nun guardi? S'è lasciata cor compagno, e te lo sai, nun eri amico der su' compagno? Un bell'amico sei, l'amicizia nun conta ora ch'è sola, lui soffre, ma atté che te frega.

- Nun ce sei colla testa. E te, che nun le porti le minigonne, majiette superaderenti, scollate, senza reggiseno? E quer vestito neroverde trasparente, che se vedeva pure… e c'hai quarantadu' anni!

- Embè? E che solo la tortorella se pô vestì come vôle?

- Ce mancherebbe, ma ce vôle er fisico. Stai a ffa la regazzina, te vesti come tu fija, quella grande. È redicolo, ma che te se' messa 'n testa de falle concorenza? Ho capito, c'hai bisogno de conferme, devi ffa colpo! Ce manca solo che te metti a pomicià per strada con quarche regazzetto, che poi… Alla festa dell'urtimo dell'anno: - Vôi ballà, te chiesi. - So' stanca - me risponnesti. A ballà cor pasticcere nun eri stanca. Lui s'appoggiava, se strofinava, e dimo pure eccetera, nun te dispiaceva, avete fatto coppia fissa. Poi te mettesti a sède dietro de me in un angoletto, te chiesi: - Tutto a posto?, manco me sentisti. Tornò er cicisbeo, eri tutta congolante, a bere 'nsieme, a ride, a scherzà, la su' donna 'ncazzata. Me ne so' annato e nun t'ha fatto né cardo né freddo. T'ho rivista la sera dopo, eri in giro co' tu' sorella e tu' cuggina, m'hai guardato con sufficienza, arrogante, come se fossi un intruso. Hai avuto pure er coraggio de dimme: - Manco me saluti!, come se nun fosse successo gnente… E ar bar der nostro amico, cor coccolapassere, quello co' capelli lunghi e biondi e la barbetta alla Cobain, l'istruttore de nôto, aspetta er nome, ah!, Nikolas, s'è messo davanti atté, te puntava, te spoijava coll'occhi, eri tutta in si bemolle, ce godevi, nun hai perso tempo cummé vicino, morivi dalla vojia de rimorchià: - Nun sei l'amico de Mattews? Alle nove de mattina eri diggià da llui sulla spiaggia a fatte istruì! E in cantina cor Veneziano che te faceva er piedino? Er piede nun lo levavi! E che me dici der l'Irlandese, quello cor cranio a mortadella? La moje era annata a dorme, lo portasti all'una de notte ner negozio dove lavoravi, le luci spente, pure quelle contro le mosche e le zanzare; che raccontasti? Jelo volevo ffa vedé! Ar buio! E ch'era un gatto! T'arricordi er giochetto de ddì tre nomi d'una cosa in cinque secondi? Era er primo dell'anno, quanno chiesero de nominà tre nomi d'animali con le corna: cervo, muflone e quarcuno fece er mi' nome, proprio er mio. Te sei sbellicata dalle risate, 'na risata squillante, de core, che diceva tutto er piacere che provavi, le lacrime te grondavano, te reggevi la pancia con le mani, a conferma de quello che tutti i presenti sapevano e da mo. Davvero un bel buon anno! La sera doppo eravamo invitati, poco prima eri stata in cantina de Domingo, puzzavi de vino, nun ce la facevi a mette 'nsieme du' parole, ma pe' ffa la stronzetta cor pleiboi der paese davanti a tutti le parole ce l'avevi chiare. Chiedesti alla su' cognata s'era invitato pure lui. Appena arivato, je sei annata 'ncontro, de corsa, er saluto con la manina tesa e il tuo studiato ciao, strascicato, e io so bbene che significa! Poi a sède accanto, gambe che se toccavano, de securo senza volé che dici?, come se fosse la cosa più normale der monno, sorisini, susurri all'orecchio. Je preparasti pure il piatto con la pasta… Un amico, un grande amico! E ggià, l'amicizia abbisogna d'esse curata, artrimenti che amicizia è: de pomeriggio a passeggià in pineta e pe' nun ddà nell'occhio prima te e doppo cinque minuti er cagnolino, de sera accasa sua a scardasse davanti ar camino, doppo cena ar barre a pijà er digestivo, poi, oh miracolo, sparizione! Che fenomeno! Da quanno poi te se' messa con quella setta, sei rinata, te sei risanata con una terapia speciale che te sfagiola, er SAS: sesso alcol e stronzate. Che voltastomaco!

- Mo bbasta!

- Mo bbasta de che!

- Te sei fôri de testa!

- E come, no! Me stai a fa er processo, e come te dico quarcosa io, te dici bbasta. Te sei fôri de testa… Sora Ines… io e sora Ines! Ma che te stai a ddì! Tra de noi c'è 'na confidenza da bar, da cliente, solo una vorta ce semo bevuti insieme quarcosa pe' brindà a questa conoscenza, nun so se me vôi capì. È gentile, simpatica, te ffa sentì a tu' aggio, se parla der più e der meno, che te devo ddì, commé c'avrà più sintonia che coll'artri, visto che so' gentile e sincero.

- La smania de protagonismo nun te passa, sempre ar centro dell'attenzione, eh?

- E lo dici ammé proprio te che sei na star der protagonismo! È vero che nun hai recitato a teatro e manco ar cinema, per fortuna, ma artro che se reciti! Quanno sei tra la ggente, sei tutta chiappe e petto in fôri, testa alta, guardi qua e là a significà: so' qui!… E poi, nun capisco che vôi ddí.

- Che amore che sei! E nun me capisci! Allora te do 'na mano io a capì! Tra de noi c'è 'na confidenza da bar, come colla bolognesa. Quante vorte me l'hai raccontato! Pure in gita a Cortona, eravamo sulla panoramica a guarda' er tramonto, morivi dalla voja de spiattellà le tu' storie, solo i dettagli piccanti ce so' mancati, te dovevi ffa grande. - Ce semo conosciuti nel bar de Cecco, ar mare, lo conosci pure te, se doveva sposà, nun era tanto convinta, e così da cosa nasce cosa, però senza legami -. Che traggedia, se doveva sposà, poverina, e te comprensivo, pronto a venì in aiuto, come er Cireneo. Che faticaccia tre settimane de sesso! C'avete avuto la tresca fino a tre ggiorni prima der su' matrimonio, me l'hai detto te, eri in sollucchero pe' una tale impresa!. Mo ffai l'amico der marito, che j'avete raccontato che v'eravate conosciuti per caso, giusto er bongiorno e la bonasera? Che faccia de…, te e lei! Me piace mantené boni rapporti con le mie ex, come l'estate scorsa sempre colla bolognesa: incontro combinato de mattina: - C'aveva 'na commissione da sbrigà, l'ho accompagnata!, de pomeriggio chiusi ner bar de quella tu' parente quanno ce lavoravi, che te frega atté se io ce sto male! E con Antonia? Pure lei era accasciata, bisognosa de premure, e te ccossì comprensivo, sensibbile, disponibbile: sesso in cantina, se sudava de meno.

- Ma che te tiri fôri! Certe cose se raccontano senza cattiveria, ccossì, senza mancanza de rispetto, pure pe' conoscese mejo, cose irrilevanti, senza importanza.

- Hai raggione, petté è tutto irrilevante, quanno te torna atté. Manco te pôi 'mmaginà quanto piacere m'hanno fatto sti racconti. Te potevi scrive un libbro, ccossì ar posto der bacio della bonanotte me leggevi una paginetta delle tu' tresche prima d'addormentasse.

- Nun parlamo d'un certo passato, lassamo perde, ch'è mejo!

- Che vorresti ddì!

- Conosci bbene er piano-bar cor nome crucco, er Barbarossa.

- Embè?

- Quarche tempo fa una sera eri lì, 'mbriaca, colla tu' cuggina, te stavi a pomicià cor primo che ce provava, te facevi parpà dappertutto, e tu' cuggina a cercà de portatte via, ma te a 'nsiste con lo spettacolo.

- Sei uscito de cervello! Che te stai a ddì!

- Che sto a ddì? E chiede a tu' cuggina… mo fai la gnorri, ma te t'arricordi pure troppo bene!

- Te cerchi de sgamà, te dà fastidio che te parlo della sora Ines, ma vojio arrivà fino in fondo… La sora Ines, poverina, ccossì disperata, un'anima abbattuta, bisognosa de conforto! Atté solo questo t'ha corpito, er su fisico no, un'idea simile nun te sfiora la capoccia, atté certe cose nun te 'nteressano, t'elevi dalla materia. Nun fai come er Buzzurro, palla de lardo pe' capicce, ch'è sempre arrapato! Ogni vorta che guarda 'na donna se la passa ai raggi ics, e lascio perde li commenti che fa pure su de me. 'Na bella compagnia te frequenti.

- Ma se pô sape' che t'ha fatto la sora Ines?

- Llei, così sola, bisognosa d'attenzioni e d'affetto, gnente ha fatto, ma chissà perché, pure quanno nun lavora, senza volé, v'incontrate pe' strada, a ffà la spesa, e dico eccetera.

- Pe' favore, er paese è piccolo, come te ggiri incontri la stessa persona armeno dieci vorte ar giorno, nun esse redicola.

- Redicola? Vôi sape' che m'hanno raccontato?

- Mo so' proprio curioso.

- Tu' marito la sera ar barre fa er gagà, camicia pendoloni aperta a mètte in mostra er torace, capelli 'mpomatati de biodoppe, er codino tutto rifatto bello lucido che scende bbene in vista sulla spalla, se mette de profilo, er gomito sinistro appoggiato ar bancone, la guancia sulla mano, con la mano destra se trastulla cor bicchiere der vino, de quello bbono, ner calice, te guarda fisso la sora Ines, llei soride mentre asciuga lo stesso bicchiere per dieci minuti, ma nun se n'accorge, parla sottovoce, e battutine, occhietti dorci, e te sculetta. Statte attenta te, nun lo lassà annà solo de sera. E me vieni a ddì ammé, me sembra che vôi rimorchià, ce manca solo che te metti a pomicià con quarche regazzetto.

- Lassa perde ste stronzate, la ggente parla pe' ffa chiacchiere, pe' facce litigà, lo sai mejo de me come so' le persone ar paese. Finora nun m'hai detto gnente, mo te vieni co' sta storia senza senso. Me viene da ride. Guarda che ammé la sora Ines nun m'interessa pe' gnente, e tanto meno come te pensi te. C'è 'na certa conoscenza, un po' d'amicizia se se pô ddì, ce raccontamo pure du' fregnacce quarche vorta. Se parla bbene con llei, sa molte cose, te pôi scambià l'opinioni, è laureata e poraccia pe' mantenesse te lavora ar barre! C'avrà un modo de ffa un po' particolare, ma dipende securo dar lavoro. Eppoi, la sora Ines è onesta, nun ce prova.

- Allora nun me so' sbajata, c'hai provato te.

- Famme capì, ce sei o nun ce sei?

- Dorce er mi' tesoro, come se difende! Una cosa nun l'avevo capita, ch'eri pure intellettuale. Atté la pollastra 'nteressa solo pe' parlacce de letteratura.

- Ascortame bbene, io nun le dimentico certe cose. Eravamo fidanzati, na sera ar baretto me dicesti: –'Ndovina un po' chi t'ariva stasera? Er fratello de Josè -. E allora?- te risposi. E te: - No, gnente, ggiusto pe' ddì-. Tempo cinque minuti me lo ripetesti armeno sette vorte. Te dissi - Scusa, ma che me frega ammé! Mezz'ora doppo arrivò er moscardino, abbracci, baci, carezze, sorisi, strizzatine. Manco me lo presentasti. Io nun esistevo. Te mettesti a bere con lui na biretta, come tutte le sere e le notti pe' tutto er tempo che rimase, e non pe' tre sere come me dicesti. Pure un minuto solo sarebbe stato troppo, ma c'erano da rinfresca' i vampori.

La mattina doppo dovevamo annà 'nsieme al lago, t'aspettai in piazza, eri sparita, eri annata a cercallo. Quarche giorno doppo te chiesi quanno l'avevi conosciuto, e mo' ariva er bello: la sera che c'eri pure te, tre ggiorni prima, na settimana fa!

- N'do vôi arivà!

- N'do vojo arivà? Era un anno che me dicevi che te volevi sposà cummé de giugno, all'improvviso t'era passata la voja, e lo sai bbene perché, era un po' che bazzicavi lo zerbinotto, l'avevi conosciuto da mo' e non come me volevi fa crede, quann'eri ospite da quella tu' compagna de scuola. - Che ragazzo simpatico, gentile, carino, e meno male che c'era llui artrimenti pe' la tu' fidanzata sai che noia -, m'ha raccontato, e altro. A Nannì, guarda che la tu' amica, quanno parla, nun parla a vanvera, llei significa, e nun c'ha peli sulla lingua... Era mezzanotte, eri annata a cena co' una collega, cossì m'avevi detto, ero uscito per venivvi 'ncontro, pe' ffa du' chiacchiere, bere quarcosa 'nsieme, colla collega a cena nun ce sei annata, l'ho 'ncontrata e m'ha chiesto se tu stessi mejo con lo stomaco... t'ho vista pijà con lui pel vicoletto che porta accasa der fratello... quanno sei tornata te sei messa a dorme sur divano... te chiesi in mattinata e me dicesti: accasa sua un cce so annata-, e avevi raggione, eravate annati accasa de' tu madre, quella disabitata, a ragionà de religione annaste...

- È un conoscente, punto e bbasta.

- Un conoscente? Mo fai pure la spiritosa! E te a mezzanotte porti un conoscente accasa de tu' madre, una casa disabitata! E lui, come te, avrà trovato che era un fatto normale. Guarda che nun so' nato ieri.

- Pensa quer che vôi. Se me 'nteressava proprio, nun

rimanevo con te!

- Dici! E ce credo che atté nun te ‘nteressava proprio, ma a riassaporarla, la ciliegiotta esotica, te ‘nteressava sì, era a portata de mano, un’occasione ccossì quanno te ricapitava. Pe’ lui, de quindic’anni più giovane, te eri solo ‘na patata bollita… Nun rimanevo con te! Nun me ffa ride ché c’è poco da ride! Sei rimasta sì cummé perché accasa c’è quello che te ffa tutto.

- Ammé le storielle nun me so’ mai piaciute, manco da bimba, figurati ora! Ma che c’hai ner cervello!

- Quello che nun c’hai te, er comprendonio… Conoscente! Ogni vorta che m’hai parlato d’un conoscente, è venuto poi fôri che c’eri annata a letto, senza promesse vincolanti, come m’hai voluto precisa’ una vorta. Conoscente, amicizia! Alla faccia der bicabornato! So’ le due parole più martrattate der vocabbolario!... Storielle! E so’ storielle sì, se capisce, cose che succedono senza volé, che nun contano gnente, un cornetto in più ffa bbene alla salute. Comunque, vedemo un po’ de finì sta storia colla signora Ines perché me so’ proprio rotto: dimme un po’, ma che dovrebbe fa quello che vôi te?

- Quello che fa la signora ammé ’nteressa poco, ma quello che ffai te, me potrebbe ’nteressà de ppiù, nun te sembra?

- Allora sei ’nnamorata de me. Nun me ddì! Me stanno a venì li brivvidi!

- Nun fa’ er buffone. T’arricordi l’artro sabbato? Me chiedesti quarche giorno prima:- Volemo annà a ballà sabbato sera? Perché no?, proprio ’na bella idea! Quer sabbato passammo dar bar a pijà er caffè, poi all’improvviso uscisti e me dicesti a brutto muso: io vo a ballà! M’era venuta voja de tornà a casa, ma te venni dietro. In tre ore in discoteca m’hai detto du' parole: bello qqui! Che conversazione!

- Aaah! Ascortame bene, io lo so ando' vôi arivà. Io manco lo sapevo che veniva pure la sora Ines, io nun c'ho avuto e nun c'ho gnente con lei. Se poi, ammettiamo, le piacevo che te devo fà!

- Eh già, te piacevi a llei, er George Cluni de Nemi! Atté 'nvece llei nun te piaceva, nun sapevi gnente. Dimentichi che quella sera ar bar c'ero pure io, e ancora sorda nun so', quanno te disse: Ciao, a più tardi! Che vocina, tra poco svenivi. Che 'na bella donna te possa ddà nell'occhio nun c'è gnente de male, davanti ammé potevi fà armeno er finto tonto, me potevi ddì, che ne so, bella la sora Ines, che personale!... te invece cce vai in fondo a certe cose.

- Mo esaggeri.

- Esaggero? Quanno semo usciti dar bar e ce semo 'ncaminati, t'ho preso la mano e doppo manco dieci passi l'hai mollata, e sai che m'hai detto? La più grossa irriverente balordaggine della tu' vita: sempre 'sto appiccicaticcio, ce potrebbero vedé le mi' zzie! Ma che cavolo de stronzata hai tirato fôri! Semo sposati o l'hai dimenticato? Le tu' zzie, appiccicaticcio! Atté, delle tu' zzie nun te n'è fregato mai de gnente, te se' messo cummé contro la tu' famiglia, e mo me vieni a tirà fôri sta storia delle zzie! Pensi che so' deficiente? Che c'avevi paura che la sora Ines se disturbasse a vedecce mano nella mano? Te sei vergognato de me. Io nun c'ho da vergognamme de gnente. È penoso!

- Che palle! La volemo finí con sta storia, me ddà su' nervi. Nun ha senso, sembra ch'er monno gira 'ntorno alla sora Ines, ma che me 'mporta ammé de llei e de queste cretinate che te tiri fôri.

- A un certo punto t'è squillato er telefonino, un

messaggio, l'hai letto cor soriso. M'hai sempre detto chi è che te scrive, l'ho sempre creduto, stavolta gnente. Hai risposto, a lungo, ammé non de certo. Che potresti avelle scritto, vedemo un po': – Me dispiace, guarda che nun so' solo, nun è corpa mia, ce vedemo lo stesso, te trovo er modo, te volevo avvisà, vie' un po' più tardi- , e chissà cos' altro ancora.

- Certo che c'hai 'na bella immagginazzione!

- Ggià, io c'ho 'na bella immagginazzione e te c'avevi 'na bella fregola. Eri teso, hai allungato er passo, e che c'avevi paura d'arrivà tardi? Sembravi uno de tredicianni, alla prima cotta. Te se' preso 'na sbandata, cose irrilevanti, che càpitano, 'na sciocchezza. Anzi, a pensacce bbene so' stimolanti, ravvivano i rapporti de coppia. Io me diverto un po', che c'è de male, tanto llei, che sarei io, capisce, è moderna, è aperta d'idee, un ce ddà peso a certe cose. E me vieni a fa' er geloso cor cinese. Che marito perfetto che sei. Me stai ancora a pijà 'n giro, e con intenzione. È disgustevole! Disturbavo, eh?

- Guarda che te sei l'unica donna che me 'nteressa, che amo.

- Non me ddì! Er cencino, ccossì m'hai chiamata. Sei er mio cencino, davanti a llei me l'hai detto. Cencino, sguattera e bebisitter. Questo è amore petté. Io a casa con la piccina, e te a fa' er bebisitter alla giovanotta, de notte soprattutto.

- Cencino era solo pe' ddì, lo dico pure all'amici.

- Davvero? Ma come sei dorce! Manco arivato alla discoteca sei annato in esplorazione, ce sai fa, meriti 'na medaglia, tutto soridente, carino, pulito, a salutatte questa e quella.

- Se ce so' l'amici, che te devo fa', manco salutalli?

- L'amici? L'amiche, precisiamo. Poi te se' fermato ar banco, te sei bevuto una biretta, una grappa, un coctel. Se sa, quanno semo un po' articci è più facile avecce la faccia tosta e trovà una scusa, una giustificazione pelle voglie: nun c'ero tanto colla testa, nun sapevo che facevo. Che dicevano l'antichi? Un po' de alcol dispone gli animi all'amore e li rende adatti alla passione! M'era presa voja de te, volevo fa l'amore con te, te l'ho sussurrato nell'orecchio quanno sei tornato, e che m'hai risposto? Ora, co' sto cardo, nun è cosa. Che dorcezza!

- Ma ddai, era 'na scemenza, vojo ddì, stavamo a ballà.

- A ballà? Da non crede. È arivata la pupa, avete fatto finta de nun conosceve. Che santimonia! Appena me ne so' annata a sède sulla panca, te se' fatto la corsa verso de llei, proprio nun ne potevi più, braccia ar collo, carezze sulla schiena e un po' più ggiù, appiccicati, eravate pure bagnati ce scommetto, e baci sulle guance che nun erano proprio baci da amici, e da llei un ber bacio sur collo. E ce stavi, eccome! Chissà come sarebbero state contente le tu' zie a vedette con un'artra. E me vieni a raccontà de 'na confidenza da bar. T'arricordi che me dicesti una vorta? Pure un bacio, uno solo, pemmé è un tradimento! Pensa 'n po'! Mo ridi, eggià, ridi ridi, ridi pure, me stai a confermà tutto con la tu' risatina.

- L'hai presa storta ormai. C'hai la fissa!

- Che faccia de… è mejo che me sto zitta!

- Sarebbe 'na bôna idea; te unn' hai capito gnente, le sudamericane so' spontanee, impulsive, piene de temperamento. Nunn è come te pensi, quante vorte te lo devo ddì.

- Ma come so' dorci 'ste sudamericane, nun ce pensavo che nun se sanno controllà, che ar paese loro è de moda bacià sur collo, ad appiccicasse. E la vostra era solo 'na confidenza da bar. Te nun eri pieno de temperamento, impulsivo. La corsa e l'abbracci e le carezze e i baci tuoi ch'ho visti io devon esse stati un sogno. Vôi sapé qual è er tu' problema? Nun c'hai er coraggio de ditti la verità. E dilla, no, che ce vôle: me so' preso 'na passione pe' la sora Ines, ce so' ggià annato a letto!

- Le so' annato incontro pe' salutalla, doveva tornà a casa pe' quarche giorno, poi pe'un anno annava a lavorà in Spagna.

- Nun me dire. Che gentile che sei! Quanno parto io, manco dar divano t'arzi. Come me dici pe' salutamme? Aho, statte bbene, ce vedemo quanno torni… E te rimane via un anno, chissà come soffrirai. E come farai tutto 'sto tempo? Ve sarete scambiati armeno l'indirizzo e-mail, er numero de telefono è da mo. Ah, che stupida, ora c'è feisbucche, nun costa gnente, ce se pô mette in contatto colle persone lontane, chissà che letterine, tanto so' secure, nun se pônno legge!

- Guarda che su feisbucche ce so' solo pell'amici, e no pelle stronzate che dici te! Te, 'nvece…

- Io 'nvece?

- Vôi sapé che m'ha detto tu' fija? – A papà, mamma s'è rincojonita. Ha fatto amicizia su feisbucche da un paio d'anni co' un regazzotto che fa parte di un circolo de magia, s'è iscritta. Che te vôle fà concorrenza ar mago Zurlì? Me sa!

- Parla, parla!

- Atmosfera de mistero, luci psichedeliche, divanetti, pozioni afrodisiache, te ar centro de li sperimenti, tutta spiritualità e contemplazione, cultura raffinata, come quanno annavi alle feste in pigiama da studentessa cor collega de medicina, lo sniffatore, festini coinvolgenti, alcol, spezie, e chissà, scambio de partner, chi capitava capitava! Nun ce stai con la testa, e me vieni a fà la predica ammé!

- Avevo raggione a non fammi coinvolgere in una relazione con te. Con te nun ha più senso. Ma prima de mandatti a quer paese, me devo levà de bocca du' bocconi amari, troppo indigesti da 'ngoià. "Guarda che nun te proibisco mica d'annà 'n giro co' le tu' amiche, li tu' amici, mica devi sta' sempre accasa, pôi usci' quanno vôi, io nun c'ho problemi"... Il tuo mascherato maschilismo me fa veni' er vomito! Una mattina te se' arivato a casa più tardi der solito, erano le cinque passate, hai grugnito: me sento tronco! V'hanno visti te e il fiorellino abbracciati annà a casa de tu' nonna, te c'hai le chiavi de casa, ve baciavate, pure sur baschetto, fôri de casa. E lassamo perde quer ch'è successo dentro!

- Questa è 'na maialata, che te stai a ddì, che ce credi? Chi te l'ha detto? Ce fo du' chiacchiere io con quello stronzo. Io nun t'ho mai tradito, né nella mente né ner core, lo ggiuro!

- Te lo fai cor fisico, atté piace la porpa, è robba tangibbile. E lassa perde i ggiuramenti, me s'arrivoja tutto dentro. Eppoi, che 'mportanza c'ha chi me l'ha detto. Anzi, no, 'nvece te vojo veni' 'ncontro, un parente tuo me l'ha detto. - Ho pensato che v'eravate lasciati, comunque, nun te fa pijá per culo, nun fà er cuccù! - ha aggiunto. Quante corpe te danno, atté che c'hai in mente solo la moje e le fije!

- Ma sto buffone, sto fijo de'na...

- Un te scardà, nun c'è bisogno. E dimme un po', sai che corse, che salti, che abbracci, che brancicate, che baci quanno ve rivedrete tra un anno, o la vai a visità prima? Sarebbe 'na bbona idea, ccossì je dici pure che io nun so' contenta che la frequenti. Nun jelo diresti, ce rimarrebbe male, povera stella, nun la vorresti vedé soffrí, llei è solo 'na conoscente, e tra de voi ce so' solo cose senza importanza, solo abbracci e baci sur collo, quarche parpatina, giusto pe' passà er tempo, ma senza volé. Che llei ce provi, che devo ddì, te 'nvece je sei annato solo 'ncontro, er freno nun hai tirato, te s'era rotto.

- Guarda che io me so' controllà, nun me fo pijà da la frenesia come dici te. Te sei l'unica donna pemmé.

- Hai raggione, scusa amore! Quanno so' via pe' lavoro, tra messaggi e telefonate nun fai artro che dimme che m'ami, anzi "che m'amissimi, che mi manchissimi", che senza de me nun pôi stà, che me vôi sempre vicina, che me pensi tutti i momenti, che sei troppo solo, soffri, che me desideri, che te so' ner core, che te mancano le mi' carezze, i miei baci, i miei abbracci, che vôi fa' l'amore con me, e 'ntanto tte butti su' primi quaranta chili de frutta esotica che trovi in giro. E quanno ritorno? A casa nun ce sei mai, sei fisso ar barre, de mattina te ce vôle er caffè, de pomeriggio la biretta fresca, de sera l'apperitivo, mischi de tutto, e soprattutto vino bianco, un bicchiere dopo l'artro. Inutile che sbatti la testa, lo sai ch'è vero. E dopo cena? Te n'esci tutto azzimato tirato a lucido, c'è da rimorchià, quarche baldracca de terzo e quarto pelo cor prurito c'è sempre in giro. Quanti anni so' che nun passi cummé una serata, un fine settimana, una pasquetta? A quante tue amicizie m'hai presentata? A nessuna. E dovrei aver fiducia in te? Mo stai zitto. So' anni che d'inverno nun te perdi le vacanze in montagna. - È un revival coll'amici, atté nun te piace scià, atté piace er mare, stai mejo a casa, amore mio, armeno te riposi, che ne dici? Che ne dico? Me so' rotta!

- Me vorei mette a ride.

- De nôvo, te vôi mette sempre a ride quanno nun c'hai ppiù argomenti. Te sei ancora in fase puberale, e te piace.

Atté er cervello funziona solo in una direzione, dall'ombelico in giù. E manco soffri de poièsi! Nun lo sai che vor ddì? Guàrdate ner vocabbolario, armeno fai quarcosa de sensato. Hai voluto sta vacanza come se te dovessi ffa perdonà quarcosa, m'hai proposto addirittura de passà Capodanno a Barcellona! Che spudorato.

- Mo è troppo. Te fai la regazzina de tredici anni, ma che te se' messa 'n capo, come se fanno a pensà certe cose, nun ce stai più con la testa, nun se pô, nun se ponno ascortà certe cose, so' stufo de ste cretinate. Me ne vo a ffà na girata, quanno t'è passata, ce vedemo.

- Proprio 'na bella vacanza! Ma statte pur securo che ammé nun me frega più de gnente, de te sto piena, zeppita. Fatte curà er cervello, ma perbene, ch'è mejo.

- Nun ne sta a ddì fregnacce… ma n'do vai?

- All'albergo, a fa' la valigia.

Le tapparelle si sollevano, la luce acceca, mi stropiccio gli occhi, esco, due mandate alla porta. Dalla vetrata del corridoio che dà sul cortile guardo se c'è una panca libera. Ne vedo una. Se faccio in tempo prima che qualcuno l'occupi, mi ci fermerò e mi fumerò un paio di sigarette.

La moltitudine dei giornali è la letteratura e la tirannide degl'ignoranti.

Vincenzo Gioberti

Il giornale
Comunicare ossia trasmettere ad altri per contagio.

La mattina alle otto esco da casa e m'incammino verso il bar Dani, in cui si assapora il miglior caffè del quartiere. Passo di necessità davanti al chiosco del giornalaio, mi fermo.

- Buongiorno.
- Buongiorno.

Ci conosciamo da tempo. Sono indeciso se comprarlo o no il quotidiano, come ogni giorno, quella gattamorta fa finta di non guardarmi. Ha un sorrisino! Cosa stia pensando, lo posso immaginare. Cedo, lui ha già il giornale in mano.

- Buona lettura, dottó!

Anche se cerco di convincermi che non abbia senso leggerlo, almeno non mi arrabbierei, non mi sentirei deluso e mi risparmierei pungenti morsi di gastrite, tuttavia lo compro il giornale, dimenandomi nella nebbia dei se e dei ma: " Ci sarà qualcosa d'interessante, informativo da leggere o ci troverò i soliti articoli scritti in un linguaggio incomprensibile o, peggio ancora, banali, pilotati, deferenti? ". La speranza che una volta mi sia sbagliato punzecchia la curiosità, e così ogni mattina esco da casa impaziente di comprare il giornale. Entro poi nel bar e mi gusto un espresso, "un insieme di note aromatiche, profumi freschi e leggeri, un piccolo miracolo di fisica e chimica, ai confini tra l'arte e la scienza".

Torno a casa.

Navigando su internet, ho trovato la sigla FNSI, Federazione Nazionale Signorine Italiane, ho pensato. Quale sorpresa, si trattava della Federazione Nazionale Stampa Italiana! Ne ho letto lo statuto, ripartito sensatamente in responsabilità, diritti, incompatibilità e principi. Come avrei potuto mettere in dubbio da quel momento la coscienziosa preparazione, la serietà degli intenti, il rispetto, la correttezza del giornalista nel riportare le notizie, nel tutelare la circolazione delle idee e delle opinioni, nel voler far partecipe il lettore anche un pochino di quel sapere indotto, un po' trascurato, che in natura e nella vita dell'uomo è così importante? Sono convinto quanto coscienziose e imparziali siano state ritenute quelle priorità, così ammirevoli per il buon senso e l'onestà di chi le ha arguite. Mi sono chiesto, perché stilare uno statuto se poi tali priorità in sede redazionale sembrano essere altre? Che un giornale si dia questa o quella linea etica e socio-politica è nel suo diritto, ma perché cercare di abbagliare il lettore anche in modo ambiguo o ingannevole?

E l'aggettivo "indipendente" messo in bella vista accanto al nome del quotidiano? Indipendente da chi, da che cosa? Alla luce di certi articoli, è una villania e un'insolenza nei confronti del termine e dell'informazione.

A casa lo sfoglio, il giornale. Il fruscio della carta per un momento mi distrae dal circostante, mi riporta alla mente lo sciacquio delle onde sulla battigia e la carezza del salmastro sul mio volto quando, d'autunno e di primavera, sdraiato sulla sabbia dorata di una spiaggia finalmente libera della mia isola mi sorbivo fino all'ultimo i raggi del sole, e vagabondavo nei pensieri, e stavo bene.

Nulla da eccepire sull'impaginazione, ripartita ad hoc per stimolare la curiosità dei lettori: politica, cronaca, economia, cultura, salute, moda, sport, oroscopo, servizio meteo, il tutto bombardato e, diciamo, impreziosito dalla pubblicità.

Scartabello: fotografie di politici dal sorriso canzonatorio ed ebete, di manager dallo sguardo truce e dal sorriso farisaico, di modelle artefatte, di attricette antiteticamente vestite, di scene di guerra, di manifestazioni in piazza, di alberi abbattuti per dare spazio a un centro commerciale, di vie congestionate dal traffico, cartine meteo con previsioni settimanali sul tempo e sulla salute che vanno tanto di moda, oroscopi che sono la colazione per molti utenti. Arrivo a pagina quaranta o giù di lì, ricomincio da capo.

I titoli degli articoli fanno gola: pane e pasta aumenti in arrivo, rincari del 150%; i ministri x e y alla F1 a bordo dell'aereo di Stato; gazzarra al Parlamento, volano sputi schiaffi e insulti; colpo di fulmine tra il Primo Ministro e la velina yz; ritoccati gli stipendi ai parlamentari, dodici per cento in più; tagli alle pensioni delle fasce sociali più basse; noto politico ai pensionati: se mi voti, dentista veterinario cinema treno e taxi gratis; allarme polveri sottili; minorenne violentata, indagato il parroco; violenza nelle scuole; prof fa sesso con quindicenne; la maestra si fa palpeggiare; sesso online senza conoscersi; sesso in ascensore; sette volte sesso di seguito con sconosciuti per avere fortuna; imprevisto hot per la nota attrice: le cade la spallina, si vede il seno; come fare impazzire un uomo a letto; scappatella in pausa pranzo: la fanno in molti; fa sesso con l'ex fidanzato della figlia; lato b in mostra mentre gioca col nipotino; stappa la birra con il lato b; bacio lesbo tra due sorelle in diretta tv; maxi rissa in tribunale: moglie e amante dell'imputato s'incontrano in aula; assassinati anziani coniugi per venticinque euro; bombardamenti aerei: quaranta vittime tra donne e bambini; fine settimana tranquillo sulle strade, 25 vittime e 120 feriti; alcolizzati a dodici anni; le baby gang al femminile, picchiata una quattordicenne; vendetta tra cosche; test di ingresso all'università truccati; boom a medicina, più psichiatri che medici condotti; ospedali e asili invasi dai ratti; smottamenti nel meridione, allagamenti al nord; voragine in pieno centro cittadino; trecento ettari di bosco in fiamme; nuova stagione del cinema: i morti che parlano, il mostro colpisce ancora, il pianeta terra è scomparso, invasione degli alieni, la vendetta della mummia; libri della settimana: il cuore sanguina, ti odio amore mio; teatro: nuova rappresentazione di Medea ed Edipo re; musica: la Filarmonica di stato esegue due inediti di Giuseppe Vattelapesca, il Requiem e il De profundis.

Cronaca nera, rosa, rossa, turchina e arancione. Stupendo.

Da tempo lo stato e la società, ed è sotto gli occhi di tutti, sono virulentati e governati da politici arroganti, buzzurri e indagati. Il cittadino per pecoraggine, mancanza d'ideali e di competenze garantisce con un suffragio il loro potere e si appaga, giustificando il loro operato, dei dettami di questi freddi e assetati saltimbanchi che lo educano e lo asservano alla conformità e alla deferenza.

Ho avuto la triste sensazione che tra giornalismo e politica si sia sancito un tacito sodalizio di mutuo soccorso, così che entrambe le istituzioni premurosamente si arrogano il diritto di prendere e imporre a tutti decisioni temporali e spirituali.

Una volta erano le corporazioni dei parroci a modellare il cittadino, il giornalista ne ha assunto la vocazione e le finalità. O mi sbaglio? Leggendo un articolo di fondo risalta spesso lo sguazzare, il nuotare, il tuffarsi del reporter nel mare della non verità, un'arrogante verità, per cui la stesura di un articolo è altro che il vero comunicare, il vero informare o il semplice dire. Non è accettabile la vendita di notizie, commenti, prese di posizione dipendenti esclusivamente da interessi di parte. E non si venga fuori con la solita stereotipata solfa che siamo in democrazia, abbiamo diritti sacrosanti, la libertà di stampa è sancita dalla Costituzione, e altro: è dare la balia e offendere l'intelligenza e la coscienza individuale e sociale.

Lasciamo nel dimenticatoio poi certe rubriche terra terra, del tipo "L'opinione! Parla con! Scrivete a! Sportello aperto! Per saperne di più! Lettere! Risponde! Consigli giusti!". Tanto di cappello! È straordinario come, navigando nei meandri dei princìpi, delle intenzioni, delle fantasie, dei sentimenti, delle frustrazioni e delle paure dei lettori coinvolti il giornalista delegato ne sappia confortare, tranquillizzare e orientare le coscienze. Eccezionale, favoloso, fenomenale, meraviglioso, magnifico, splendido, straordinario!

Domenica mattina ho incontrato nel parco un vicino di casa. Era pensieroso, mi sono fermato.

- Come la va?- gli ho chiesto.

- Che mondo di merda!

- Di nuovo, e perché?

- Come perché, ma che tu un lo vedi? Un funziona più nulla.

- Vabbè dai, unnè poi così male questo mondo.

- O che tu di'i, un c'è più religione, l'è un bel casino.

- Via, che tu la esageri un po'ino, mi sembra.

- L'esagero? Ma io la sô si'uro, pure il Padreterno, poverino, l'è stufo, unne pôle più. Se ne sarà andato in ferie; speriamo in qualche posto sconosciuto.

- Qualcuno la ci sarà pure al su' posto a far le 'osine per benino, Renzi, Berlusconi, Salvini, Grillo!

- Ma che la mi vôi prende' per i fondelli? La sono un maluccio, que' quattro 'osi. O che tu un li leggi più i giornali? La sanno tutta loro, i giornalisti, la di'ono quel che vogliono, ti fanno il giudizio universale dalla mattina alla sera. La 'omandan loro oramai! O te, il Padreterno se l'è in va'anza buon per lui, altrimenti la vôl di' che la sarà stato li'enziato!

- E da chi?

- Ma la sei tonto! Sti scribacchini la si saranno presentati dal Padreterno e l'avranno detto: oh, qui uno di noi l'è troppo, smamma! La devi scegliere, o va'anze o licenziamento!

- E 'he l'ha scelto?

- E 'he ne so io, un sô mi'a un giornalista!

I contenuti degli articoli, con rare eccezioni, sono di secondaria importanza, importante è solo il modo con cui si presentano. Il fraseggio non è curato, si ripetono gli stessi termini, le stesse espressioni, si scrive per stereotipi, espressioni fritte e rifritte, usando vocaboli contestualmente in modo equivoco. Per non dire della morfosintassi: lo scambio tra l'articolo il e lo è arbitrario, ci si serve del punto quando è inutile, quello della virgola e del punto e virgola è maldestro, l'uso della minuscola e della maiuscola è ridicolo, gli accordi al maschile e al femminile sono impropri, l'uso dei modi e la concordanza dei tempi dio ce ne scampi guardi e liberi!

Quel vicino, sempre lui, mi ha bloccato ieri, giornale in mano, mentre, tornato dalla spesa al mercato con due sporte piene e pesanti, ero davanti al portone di casa, la chiave già infilata nella toppa.

- O che tu lo sai chell'è successo al Palazzetto?

- No, perché?

- Manco io lo so, ma la dev'essere stata una 'osa schifosissima.

- Non mi dire.

- Toh, leggi un po'ino sto titolo di giornale!

- Sfiorata tragedia al Palazzetto dello Sport, evacuazione per milleduecento persone. Autoambulanze a centinaia - Embè, che c'è di schifosissimo? L'hanno fatta uscire tutta la gente.

- Ma pensa un po'! Un avevo avuto il coraggio di legge l'arti'olo, l'avevo inteso un'altra 'osa. Avevo pensato, la deve esse stata una 'osa orripilante, tutti accovacciati per benino ad andar di 'orpo, ché un facevano in tempo a raggiunge il bagno.

- Ma non ddì corbellerie!

- Io? Ma se un si sa scrive, allora perché la vengon scritte certe 'ose!

Il giornalista si compiace dell'impiego cocciuto di paroloni di capricciosa moda, di termini ed espressioni incomprensibili presi a prestito da altre lingue. Ma che significano: recenti report di analisti hanno tagliato i target di prezzo; entrambi i broker hanno confermato il giudizio buy; il dividend yield è sceso drammaticamente. È veramente impossibile fare a meno di usare termini sconosciuti alla stragrande maggioranza dei lettori? È vero che una lingua si evolve, ma proprio proprio in questa direzione? È già un problema capire la nostra lingua, varia e ricca nel lessico, figuriamoci poi quei vocaboli che si scrivono in un modo e si pronunciano in un altro.

Giorni fa, avendo accusato forti dolori di pancia, il medico che mi visitava mi ha chiesto:

- Soffre per caso di lambliasi?

Per non dimostrare la mia ignoranza, ho risposto secco:

- No, ma che scherziamo, mai ne ho sofferto.

- Non si preoccupi, stia tranquillo comunque, tra qualche giorno sarà tutto a posto.

Devo essere sincero, non avevo capito un tubo; anzi, solo a sentir quella strana parola m'era venuto un accidente. Ero preoccupato e ho creduto addirittura di avere chissà quale rara infezione. Finita la visita, di cui non mi ricordavo nulla se non quella strana parola, ho telefonato subito alla segretaria. È una donna eccezionale, potrebbe partecipare a qualsiasi gioco televisivo a premi, sa tutto. Le ho chiesto di disdire gli appuntamenti del pomeriggio, poiché sembrava che soffrissi di un virus sconosciuto, la lambliasi, e sicuramente avrei dovuto ricoverarmi per particolarissimi accertamenti sul mio stato di salute. Mi ha risposto: - Se proprio vuole, ma per i sintomi di una probabile diarrea, non esagera un po'?

Baby, brain marketing, carpooling, call-center, collezione fashion, election day, energy-bus, global-remix, global warming, guardrail, handicap, hit, hinterland, homemade, hot spot, jet-society, in, location, moral suasion, off, off-side, okay, on, out, outsider, performance, playlist, policymakers, politically correct, raid, periodo low cost, pet, relax, road show, school bag, shopping center, short, show, show room, smart working, smooties, social eating, social housing, social travelling,start, stepchild adoption, trendy, voluntary disclosure, week-end: ma che roba l'è?

Cari giornalisti, che vogliate essere sempre narcisisticamente à la pâge per scelte linguistiche spesso frivole, purtroppo fa parte del vostro abito, ma non vi sembra di esagerare?

Tempo fa un conoscente mi ha fatto leggere un trafiletto scritto, sembrerebbe, da una vostra collega invitata a una festa vip (o si dice party?): - Che serata stressante, ieri sera eravamo di cocktail; niente di straordinario: sandwhich, champagne, biscuit, ice-cream. Tutta gente bene, un po' show. Che buffa quella lady con quel vestito jaune citron!

È un monumento alla lingua italiana. È il nuovo modello linguistico di riferimento e da adottare per le attuali e future generazioni scolastiche, anche quelle delle famose tre I, in sostituzione di una buona letteratura, della laboriosa attività didattica di molti insegnanti e della buona penna di pochi e preparati giornalisti.

Ero nel mio bar preferito, mica solo per il caffè, è proprio la padrona che mi tira assai. Da un articolo sulla formula uno ho spiegato per assomiglianza dei termini ad alcuni astanti, che, come me, poco capiscono la lingua inglese e che coltivano e curano invece e per fortuna la lingua italiana, l'espressione pole-position con posizione di una polla d'acqua nel serbatoio della macchina al posto della benzina, e ho aggiunto: - Era l'ora che si pensasse un pochino all'impatto ambientale! Volete sapere che mi è successo? Il giornalista autore dell'articolo, nel bar perché attratto, verità sacrosanta, anche lui dalla padrona, mi ha denunciato per falso di notizie con l'aggravante di aver esposto la mia opinione in pubblico, con richiesta di risarcimento danni.

Ho incontrato qualche giorno fa un amico, trentacinque anni, non vive più da due mesi con i genitori.

- Finalmente!

- Macché finalmente, babbo m'ha sbattuto fuori di casa, e vuoi sapere perché? Una mattina a colazione ho detto:- Alό papi end mami, aù ar iu? Wau, biutiful brechfast! Mamma ha abbassato gli occhi e chinato la testa, poverina, babbo m'ha guardato, ha sospirato e: - Quanti sacrifici abbiamo fatto per farlo studiare, e questo se ne viene con le stronzate di prima mattina. Poveri i miei fagioli! M'ha regalato una sua vecchia grammatica e un vocabolario aggiornato della lingua italiana, poi ha aggiunto: - Quando parlerai come mangi, potrai tornare a casa, adesso fuori!

Si potrebbe dire: - Ma la vuoi smettere di chiosare, biasimare, censurare, condannare, deplorare, disapprovare, malignare, stigmatizzare e tagliare i panni addosso a questo e a quello? Niente di tutto questo. Io, non sapendo scrivere né esprimermi né comunicare come un giornalista, che sia un articolista o un opinionista, metto per iscritto solo certi miei confutabilissimi fastidi e stupori, nonché intuizioni, impressioni e perplessità che fanno parte della bisaccia delle mie conoscenze.

Babbo mi disse una volta:- Quando te ne tornassi a casa stanco morto dal lavoro e ti presentarebbero un mezzo piatto di pasta e fagiuoli, che tu sii contento; se poi ci fosse pure un pezzetto di salciccia, segno bono, tutto il resto vale un ette!

È stata ed è una delle più chiare frasi della lingua italiana, per il contenuto e la forma, che io abbia mai udito in vita mia. Quella è la mia lingua italiana, una lingua accarezzata dalla terra dal cielo dal mare dal sole dalla pioggia e dal vento, una lingua sensibile che dice, gioisce, soffre e si ribella.

Mi sono chiesto molte volte, quando si ascolta un telegiornale, come si fa a capirlo. Ultimamente, con Mario e Luigi, due cari amici, mi sono posto davanti al televisore, ore venti. La presentatrice (ritengo che sia una giornalista, mentre una volta per leggere le carte di un telegiornale bastava una bella voce e una discreta presenza delle signorine buonasera) era seduta dietro una scrivania di vetro, busto eretto, gambe accavallate solo quel tanto da non celare graditi scenari, testa leggermente inclinata sulla sua destra, capelli rossi che scendevano a ombraggiare gli occhi, labbra semiaperte, invitanti, seducenti. Sexy! Non si dice più? Davvero! Come? Che topa? Meno male!

Inizia a leggere, voce nasale ed erre moscia.

-Buonasera, aria di wei-ji per l'economia italiana. La leaderchip del P.O, il Partito dell'orchidea, reagisce, e nel passato week-end ha invitato a una workshop i businnes-men e i project-manager delle più importanti Italian Holdings. L'incontro è avvenuto al Congress-Palace di Roma City, dove i congressisti vi sono stati trasferiti con i nuovi mezzi pubblici del Comune, gli energy-bus. Si è discusso di know how, di progetti financing e di joint venture. Era presente un illustre rappresentante della news economy, l'Ombusmann della International Giro-Bank e dell'Economics Council of Giglio Island. Tutto è filato wash-and-wear. Nessun pressing sui gruppi di lavoro che, nonostante il work in progress, hanno potuto dare il loro okay alla final resolution, acclamata con un wow di grande soddisfazione da parte degli organizzatori e della platea. Garden-party e shooting finale a tarda serata con i rappresentanti della jet-society e la partecipazione degli Young Urban Professional locali -.

Mi si consenta, roba da chiodi!

Immaginiamoci i commenti, le disapprovazioni, le risatine, le sbattute di testa, gli occhi alzati al cielo, le mani giunte, i non può esser vero, i poveri noi, i ma in che mondo viviamo, i che brutta fine che faremo, i ci prendono per scemi, se si sentisse il Ministro della Sanità dichiarare in tv: - Care mamme, per una sicura e sana crescita dei vostri piccoli v'invitiamo a dare loro il liquido bianco opaco contenuto nelle vostre mammelle costituito da un'emulsione di acqua e grassi, in cui vi sono disciolti zuccheri, proteine, vitamine, sali minerali ed enzimi-. E sui giornali in edizione straordinaria: Governo in crisi, il Ministro della Sanità l'è rincoglionito!

- Che bernarda! - dice Mario.

- E che vôr ddì? - chiede Luigi.

- Come che vôr ddì! O un l'hai vista, l'annunciatrice? Che la sei ce'o! La vôl dire che l'è bona, poi pure se la fosse brava, oh che ce ne 'mporta. Unn' hai visto che gambe? Peccato che la gonna la sia un po'ino lunga, un po' più corta un sarebbe stato male.

- Aho, mma nun hai sentito come te se parla? Me sembra na 'ncecloppedia! Una che te se parla cossì, te stravolge!

- Ma la sarai tonto, stravolto, e da che? Da quelle parole strane che l'ha letto?

- Ammé nun me frega de gnente! Una che te legge cossì, me ffà sentì …

- Un 'oglione!

In politica bisogna sempre seguire la retta via, perché si è sicuri di non incontrarvi mai nessuno.

Otto von Bismarck

Politicosindachia.

Una mattina, non ricordo bene se io abbia frequentato la seconda o la terza classe elementare, la maestra prima di iniziare la lezione ci disse: - Bimbi, stamani ci farà visita il Sindaco! Lo conoscevamo tutti il sindaco, era il fidanzato della maestra, e quando lo incontravi ti salutava per primo. Comunicava familiarità e rispetto. Era "Qualcuno", così nel paese dicevano, appunto il Sindaco.

Ci guardammo noi scolari, oh Dio, il Sindaco nella nostra classe! Non so quanto tempo sia passato tra la comunicazione e l'arrivo, ma so che stavamo con gli occhi fissi sulla porta di entrata dell'aula, aspettavamo con ansia quel momento, vagheggiavamo e speravamo con tutto il cuore che ci salutasse personalmente, dandoci la mano. Eravamo in tanti, non fu così, ci sorrise, parlò, chiese e quando si allontanò eravamo, è vero, un po' delusi, ma emozionati per quella visita. Ci sentimmo la classe per eccellenza, tanto che alla fine delle lezioni, invece di scavallare come di solito per i vicoli o lungo il sentiero che circondava le mura, aspettammo l'uscita da scuola degli altri scolari e orgogliosamente spiattellammo loro di avere ricevuto la visita della persona più importante dell'isola, il Sindaco.

Nella mia fantasia a questo nome abbinai un'immagine, quella del babbo di un intero paese. Da grandicello mi convinsi che l'essere sindaco o fare il sindaco presupponesse almeno un trentacinque per cento di vocazione, un altro trentacinque per cento d'idealismo, mentre il rimanente trenta per cento poteva racchiudere la somma dei desidèri, degli interessi, delle promesse, anche quelle difficili da onorare, degli errori, delle stramberie: da una tale fusione sarebbe saltato fuori un buon sindaco. Ho notato nel tempo che il primo e il secondo trentacinque per cento sono state prerogative sempre più al ribasso di un sindaco; il rimanente trenta per cento è cresciuto con estrema rapidità, a dismisura, si è imposto, diventando dominante. Oggigiorno una pletora di cittadini ambisce all'incarico di sindaco. Se c'è qualcosa che non va, li senti dire: - Se fossi sindaco io, io sindaco! -.

In vista delle elezioni amministrative, i gruppi di potere si mettono in azione, contattano e decidono. La selezione per il primo cittadino non è casuale. Il candidato è scelto ad arte, è suggestionato, plagiato, controllato, e viene propagandato. Il nuovo eletto sarà sempre migliore del precedente e, una volta scaduto il mandato, migliore del successore. A capo delle amministrazioni si avvicenda, così, una categoria di persone sempre sorridenti, disponibili, obbedienti, inquadrate, esaltate e ininfluenzabili ché un'insolita influenza, molto contagiosa, gliel'hanno attaccata da un pezzo.

Un vecchietto al paese mi fece notare il portamento del primo cittadino. Questi camminava a testa alta, a passi misurati, un fascio di quotidiani sotto il braccio sinistro, cercava con lo sguardo un saluto, un cenno di consenso, di gradimento dalla gente che incontrava per via, sorrideva, ma di un ghignetto che diceva più di mille parole. Il vecchietto dondolò la testa. Mi aveva spiattellato una verità, il Sindaco era ammalato, colpito da un virus tremendo, la politica. Questo infetto virale era palpabile nella camminata, nello sguardo, nel modo di parlare, nella gesticolazione e quel sorrisino ne era la conferma. Diagnosi: virus capriciosus, una malattia terribile, con prognosi più che riservata, impossibile trovare una terapia appropriata. Una realtà penosa. Ecco il perché di quelle operazioni cosmetiche cui i sindaci si sottopongono, i sorrisini, i ci penso io, i non ti preoccupare, i se c'è qualcosa che non va sai dove trovarmi, questo è il mio numero di telefono, mi puoi chiamare anche di notte, ci parlo io, finché sono sindaco io nessun problema. Ero sempre stato convinto che il sindaco dovesse essere un leale amministratore della comunità, tant'è che, considerando il nefasto comportamento del primo cittadino, una volta feci un fioretto, ma grosso grosso, a Sant'Andrea Apostolo:- Non farò più l'amore fino a quando non tornerà a capo del Comune un vero Sindaco. Il sacerdote, a cui avevo confidato la mia decisione, abbassò leggermente la testa, mi guardò al di sopra degli occhiali e mi disse: - Ti ha dato balta il cervello?, ti saluto! Aveva ragione. Mi resi conto che non avrei potuto mantenere il fioretto, mica perché non ne avevo la volontà. È vero che l'era dura, e io stringevo i denti. Qualche giorno dopo lo incontrai, parlammo, mi sciolse dall'osservanza del voto e, ponendomi la mano sulla spalla in segno di comprensione, mi disse:- Guardati intorno, e neanche tanto. Ti sarà tutto chiaro!

Da anni imperversa per i Comuni questa tremenda epidemia, la politica. Si è prodotta una metamorfosi, il sindaco si è trasformato in un Politico e il politico è diventato Sindaco o ha avuto la pretesa di esserlo. È sorta una nuova professione, a livello d'intenzioni una missione umana che "teorizza e pratica l'organizzazione e la conduzione della vita dei cittadini e di conseguenza dello Stato con attività, linguaggio, posizioni, forme del tutto particolari", la Politicosindachia, un sodalizio, invece, molte volte refrattario a questa citazione.

Una volta, avendo creduto nella bontà della politica, avevo idealizzato il Politico con i crismi delle migliori prerogative, un paladino al servizio del proprio paese, che procura prosperità.

Ho riflettuto su questa innovativa vocazione, ho ragionato, ho soppesato. Ho fatto il punto sulle qualità che dovrebbe avere un rappresentante dei cittadini e ho appurato con amarezza di non poter annoverare tra le qualità dei Politicisindaci, se non per uno sparuto novero, l'essere capaci, corretti, efficaci, giusti, incorruttibili, leali, onesti, seri, tolleranti, umani. È da anni che, parlando con amici e conoscenti, è uguale dove, è da anni che quegli aggettivi in relazione a un Politico spesso sono obsoleti. Cerchiamo in un dizionario l'aggettivo umano. È spiegato che tale aggettivo mette in chiaro, esaltandoli, sentimenti ritenuti distintivi dell'uomo, quali la comprensione e la solidarietà, nei confronti dei propri simili. Mai viene riportato come esempio "il politico è umano", perché ogni vocabolo si definisce in rapporto al suo oggetto, alla sua immagine. Nominare umano il politico è scriteriato per la chiara contraddizione che questi due termini, visto come siamo amministrati e governati, hanno assunto nel tempo. E allora? Allora prendiamo atto della realtà. La quotidianità ci rivela com'è il Politico, spesso arrogante, bugiardo, corrotto, interessato, sinistro, sleale. Babbo definì il Politico brutta genìa, tra gli esseri viventi il meno incline alla vita sociale: nessuna meraviglia, infatti è un'anguilla, un arrivista, un camaleonte, un manovratore, un opportunista, un qualunquista, un voltagabbana.

È possibile ripristinare, almeno idealmente, un consenso verso quelle proficue finalità di buongoverno che questi individui ci spiattellano ogni volta necessitano di suffragi per non lasciare la poltrona ad altri e che, a sentir loro, sono ispirate ai principi fondamentali di benessere del vivere individuale e collettivo? Tempo perso! Nemmeno un barlume di speranza?

Ho una proposta: obbligo di frequenza di un corso promosso da un nuovo Ministero dei Rapporti Sociali tramite l'ARMCP, Associazione per la riabilitazione morale e civile del politico, che con l'avallo di un diploma autorizzerà il partecipante al nominarsi Politico e lo abiliterà alla professione politica. Potranno iscriversi cittadini con fedina penale incontaminata e che attestino oneste intenzioni di esercizio, indilazionabile rispetto della Costituzione e osservanza della legge ordinaria con un'autodichiarazione che dovrà essere convalidata dalla firma di un sociologo, uno psicologo, uno psichiatra previo un accurato controllo mentale del dichiarante. Il tutto sancito con un atto notarile.

Domanda d'iscrizione su carta bollata da ventimila euro e quota d'iscrizione di diecimila mensili per spese di gestione, affitto locali, cancelleria e retribuzione, compresi i contributi previdenziali, per i docenti. Verranno messi a disposizione dei candidati tutti i ritrovati della tecnica e della scienza. Per cinque anni a quaranta ore settimanali, studio di tre lingue straniere solo con insegnanti di lingua madre, dell'economia, del diritto, della filosofia morale, della storia e della geografia. Grande peso sarà deputato alla conoscenza della cultura e della lingua del proprio paese, in dettaglio alla morfosintassi e alla produzione e riproduzione dei testi, un iter didattico necessario al saper formulare e al farsi capire.

Per sottolineare l'urgenza e l'obbligo di questo corso, presento uno stralcio di una relazione che doveva essere presentata in Parlamento, custodita nell'archivio segreto di un partito, sotto la dicitura "Farneticazione politica", messami gentilmente a disposizione per un lavoro di ricerca sui linguaggi settoriali.

- Il quadro normativo, Signor Presidente, gentili colleghe e colleghi, come voi tutti sapete, si propone un corretto rapporto tra strutture e sovrastrutture attraverso i meccanismi della partecipazione non dando certo per scontato nel rispetto della normativa esistente una congrua flessibilità delle strutture stesse. È ovvio, e siamo sicuri che lo è anche per voi onorevoli colleghe e colleghi, che l'assetto politico-costituzionale presuppone un organico collegamento interdisciplinare ad una prassi di lavoro di gruppo ipotizzando e perseguendo nel contesto di un sistema integrato l'adozione di una metodologia differenziata. L'approccio programmatico persegue pertanto la puntuale corrispondenza tra obiettivi e risorse secondo un modulo d'interdipendenza orizzontale non assumendo mai come implicito l'appianamento di discrepanze e discrasie esistenti. Il bisogno emergente, come tutti possono capire date le circostanze, privilegia in termini di efficacia e di efficienza l'accorpamento delle funzioni nonché il decentramento decisionale attivando ed implementando a monte e a valle della situazione contingente un indispensabile salto di qualità con criteri non dirigistici attraverso i meccanismi della partecipazione, recuperando ovvero rivalutando in un ottica preventiva e non più curativa la trasparenza di ogni atto decisionale. Quindi, il nostro modello di sviluppo porta avanti il ribaltamento della logica assistenziale preesistente senza pregiudicare nella misura in cui ciò sia fattibile la verifica critica degli obiettivi istituzionali e l'individuazione di fini qualificanti. Il metodo partecipativo in maniera articolata e non totalizzante presuppone, sostanziando e vitalizzando il primario interesse della popolazione, un indispensabile salto di qualità e una congrua flessibilità delle strutture e la puntuale corrispondenza tra obiettivi e risorse per cui in tempi brevi, anzi brevissimi, si propone la trasparenza di ogni atto decisionale senza precostituzione delle risposte in una visione organica e ricondotta a unità secondo un modello di coinvolgimento attivo di operatori e utenti che prefiguri la valenza epidemiologica della ricognizione del bisogno emergente e della domanda non soddisfatta.

Pare che nell'Ade Demostene, Lisia e Cicerone abbiano avuto, non si sa come, l'opportunità di leggere la suddetta orazione. Demostene ha provato un orgasmo retorico e suda e trema e ha addirittura visioni libido-declamatorie da allora. Lisia, sensibile cultore dell'arte oratoria, è svenuto per l'emozione, ancora non si è ripreso nonostante i centotrenta chili di sali che gli hanno fatto annusare. Cicerone, permaloso, è stato colto da violenti moti di stizza per l'invidia, ha cominciato a sbattere i piedi e a gridare tanto che Plutone l'ha sbattuto fuori dal regno sotterraneo; è sparito, è l'oratore più ricercato del mondo.

Ogni fine settimana, proseminario di otto ore sindacali di etica sociale quale profilassi contro il virus capriciosus per frenare le bramosie di cupidigia e di corruzione, e nei mesi di Luglio e Agosto l'assolvimento di un apprendistato obbligatorio di otto ore presso un centro sociale per acclimatarsi con una sincera presa di coscienza ai problemi sociali e alle di loro cause. Assentarsi dal posto di lavoro solo per necessità corporali. Alla fine dell'apprendistato non sono previsti tesine o esami finali, si confida nella consapevolezza dell'importanza a livello personale e sociale dell'esperienza compiuta. Al termine del corso esami orali per capire e misurare la capacità esegetica del candidato su argomenti mirati, come il settimo e il decimo comandamento, con esposizione di una tesi, un'ipotesi, eventuali obiezioni e contestazioni delle obiezioni. Infine discussione su argomenti del tipo: perché un politico corrotto non può salvaguardare la democrazia; perché i politici devono qualche volta mantenere le promesse; in che modo si governano gli stati, le regioni, le provincie, i comuni.

Assolto il corso quinquennale, la carriera politica sarà limitata a un periodo sindacale di quattro anni, durante i quali il politico riceverà uno stipendio secondo il contratto collettivo dei dipendenti della Pubblica Amministrazione. Eventuali rendite, come regali, interessi bancari o eredità non di famiglia, dovranno essere evolute allo Stato al 100%. Non ci saranno sconti. In caso d'inadempienza, voluta o dimenticata, l'obolo dovuto allo Stato sarà convertito con l'isolamento del politico per anni tre in un carcere.

Il diploma ottenuto, con la dicitura Politico, avrà validità solo se il candidato accetterà, firmata e controfirmata, la ricusa a ogni privilegio: la non rieleggibilità; l'inammissibilità di passare da una carriera politica a un'altra; l'incompatibilità con qualsiasi altro incarico durante il mandato; la ricusazione del diritto alle dispense, agli esoneri, alle franchigie, alle prerogative, alle privative, all'immunità, all'impunità e alla garanzia d'insindacabilità; la ricusazione a pensioni, propine, prebende e simili.

Proposte oneste, le nostre, che si fondano sul convincimento della necessità di cambiamento e della rinascita del sistema politico. Se tali proposte, che non sono altro un appello a un minimo di riflessione e a un sincero esame di coscienza, cadessero nel vuoto, per noi cittadini che crediamo nella convivenza sociale e nella giusta e onesta amministrazione dello Stato, è di necessità liberarci il più presto possibile dei Politici, ma bando alla violenza anche se questi individui della politica la esercitano nella maniera più diversificata e di continuo nei confronti del cittadino.

Quindi, ligi a tutte le disposizioni dei diritti fondamentali della convivenza, nella umana e certa convinzione di fare il nostro e il loro bene, ci sentiamo in dovere di trasferire gli attuali Politici in una città blindata, costruita da loro, distante 1000 Km per ogni punto cardinale dal resto del mondo civile e qui potranno discutere e mettere in opera tutti i loro progetti. Si dovranno dividere i compiti, quelli familiari come pulire il cesso, lavare e dare la cera per terra, spolverare, fare il bucato, stendere la biancheria, stirare, spazzolare le scarpe, attaccare i bottoni, rammendare, fare la calza, andare a fare la spesa, cucinare, fare la fila agli sportelli della posta per pagare le bollette del gas e della luce, cambiare i pannolini, preparare le pappe; e quelli sociali dal ciabattino al sarto, dal minatore al muratore, dall'operaio al contadino, dal vaccaro al carbonaio, dal cuoco al ristoratore, dal barista al cameriere, dallo spazzino al giardiniere, dall'elettricista allo stagnino, dal becchino all'avvocato, dal fruttivendolo al salumiere, dal macellaio al panettiere, dal pescivendolo al rigattiere, dal fornaio all'oste, dallo scolaro all'insegnante, dal poliziotto al magistrato, dal conduttore di mezzi pubblici al controllore, dall'imprenditore al dipendente, dal meccanico al verniciatore, dall'ingegnere all'architetto, dallo strozzino al benefattore, dal commesso al cassiere, dal guerrafondaio al pacifista, dal cittadino semplice al politico.

Visto che i politici tutto sanno e tutto fanno, che se la sbrighino tra di loro senza romperci più le scatole, facendo in qualche modo di necessità virtù. Se non troveranno soluzioni ai loro problemi, beh!, allora si...

Noi, che da tempo abbiamo vuote le riserve della bontà, della misericordia e della pazienza, speriamo che tale suggerimento venga recepito da tutta la popolazione, convinta e disposta a farlo entrare in vigore nel più breve tempo possibile secondo quella fonte del diritto derivante dalla persuasione di seguire una regola giuridica senza aspettare l'iter di una legge.

Mi sono fermato a contemplare una goccia di rugiada appoggiata su un filo d'erba e vi ho trovato l'infinito.

Stephen Littleword

Trasporti pubblici

Rinunciare ai mezzi privati e servirsi di quelli pubblici per muoversi in città richiede eroica disposizione al sacrificio, pazienza, ma anche senso dell'avventura. Non sai, una volta salito su un mezzo pubblico, che cosa ti aspetti e soprattutto quando giungerai a destinazione. E che sia problematico il servizio urbano, non dipende dalla scontentezza innata o artefatta dei cittadini che lo vorrebbero adeguato alle proprie fantasie e priorità. È seccante, rognoso, viaggiare in tram o col bus per gli orari che non vengono rispettati, per i mezzi spesso inadeguati alla viabilità, per la frenetica guida degli autisti convinti piloti di formula uno specie su vie dissestate, con tecniche particolari di partenze, di frenate e di controfrenate, per una questione di congestione del traffico e di conseguenza per gli ingorghi oramai parte del folclore cittadino, tanto che in molti comuni si fanno pressioni sulle Pro Loco per far indicare nelle guide turistiche, quali meraviglie cittadine, le piazze e le strade maggiormente intasate da automobili e motorini.

Due sono le principali seccature per chi si sposta con i mezzi pubblici, l'attesa e i posti a sedere.

Quando le giornate sono temperate o calde, attendere il tram o l'autobus non pesa più di tanto; ma quando la tramontana spazza le nuvole, filtra i cappotti e le giacche, o la nebbia invade la città e puzza, o la pioggia, monotona, fruga tra le cellule del corpo e ti fa provare brividi di tristezza, allora l'attesa è smaniosa, pesante, spasmodica. Disappunto, rabbia, nervosismo, insofferenza non sempre malcelata ribollono nel caldaro della scontentezza. Il tutto traspare dal movimento dei corpi, dagli sguardi fugaci o intensi, dallo stropiccio delle dita sugli occhi, dagli sbuffi contratti delle labbra, dal fumo delle sigarette che non sale più ad anelli ma a forma di fungo, dal cantarellare una melodia che tenace echeggia nella mente all'infinito anche quando poi sei a casa, durante la cena, seduto sul divano davanti al televisore, sul letto fino a quando non ti addormenti.

Attendi, sbirci il giornale, muovi la testa nella direzione di provenienza del mezzo di trasporto, incroci sguardi assenti, odiosi, a volte curiosi tanto che prendi un po' di coraggio, provi a comunicare con un sorriso e costruisci sul sorridere contraccambiato, germoglia così un minimo di buonumore. Scampoli di vita.

Il ritardo di un mezzo pubblico fa squillare seccanti campanelli di allarme. Riflessioni, timori, precauzioni prendono piede, tanto che l'attendibilità di quello che si racconterà in ufficio o a casa richiede accortezza e prudenza.

- Da domani userò la macchina.

- Anzi, il motorino.

- Per una volta sarebbe meglio prendere un tassì.

- Se è bel tempo andrò in bicicletta.

- Perché no, a piedi, una bella e lunga passeggiata.
- Mi crederanno per il ritardo?
- Che cosa dire? Vediamo… è meglio di no!
- Oh, chi si vede!
- Ce l'hai fatta!
- Sempre in ritardo, eh?
- Pensavamo che avessi perso la strada!
- Era carina?
- Dai, racconta!
- Il capo t'aspetta!
- Ma che è successo?
- Dove sei stato?
- Mah, questi ritardi!
- Ma sempre a te capitano?
- Con chi eri?
- Con i colleghi eh?
- O con la collega?
- Mica avrai sbagliato a prendere il tram?
- Tutti i giorni così!
- Per mezz'ora di viaggio, ce ne sono volute due!
- Strano!

Giustificarsi per il ritardo con il principale in ufficio o a casa con la moglie è pernicioso. Ogni discolpa verrebbe fraintesa, interpretata, le conseguenze potrebbero essere deleterie: al lavoro additati come menefreghisti, a casa mesi sabbatici e spregiudicati risvolti amorosi della consorte. Un bell'impiccio. Trascorre il tempo, il nervosismo lievita, ogni dieci secondi s'interroga l'orologio, ci si muove, ci si urta, si guarda in cagnesco il vicino sconosciuto quasi fosse lui il colpevole per questo attendere. Non interessa più la bella ragazza che avevi sbirciata, rimirata e vagheggiata. Si è formata una ressa e creata confusione sulle piazzole delle fermate. Chi attende è una marea di corpi stanchi, di animi scontenti, scocciati, che manifesta nel comportamento e poi a parole la bile covata fino a quel momento per le lune del capoufficio, per il panino trangugiato di fretta, per il pigia-pigia nell'ascensore, per la fila fatta alla posta o presso l'ufficio delle imposte. Il malcontento gonfia, si fanno considerazioni a labbra serrate, poi, come una liberazione, piombano commenti poco gentili con postille e delucidazioni ancor peggiori, gli alzar di voce, discussioni, litigi, e fioccano le madonne come neve durante la tempesta.

C'è anche chi trova il modo di corbellare o di mettere da parte il riserbo o il ritegno. Ma guardali quei due ragazzini mentre soffiano con estro e con diletto sulla penna del cappello alla tirolese di un'anziana, che disperatamente si sforza di ripararsi con le mani da quel ventaccio. E quell'anzianotto, dalla candida criniera, che agogna con studiati colpettini di tosse ad attirare l'attenzione di una biondona. E quel dipendente di banca, non ci si può sbagliare da come è vestito, che con il cipiglio di un sergente redarguisce gli astanti mentre tentano con indifferenza di prendere posizione davanti agli altri: - Se ne stiano in fila, loro, che modi sono questi, indietro!

Il colmo della sopportazione si concretizza quando la voce metallica dell'altoparlante annuncia: - Si informano i signori viaggiatori che a causa di un incidente le linee 24, 32, 41 e 48 subiranno ritardi in ambedue le direzioni. Il servizio sarà ripristinato appena possibile-. Un pandemonico boato di furente disperazione si leva da quei petti. Ognuno si sposta velocemente per raggiungere altri mezzi di trasporto, per ritrovarsi di nuovo nella calca. L'attesa ricomincia, il malcontento la fa da padrone, si riguarda l'orologio ogni cinque secondi, si scrutano con rancore le persone d'intorno, si sbuffa di nuovo, si scuote la testa, non si mormora più, i pensieri sono tradotti subito in parole e ci si sente rispondere con poco garbo, i commenti diventano racconti, libri, volumi, enciclopedie, poi i telefonini entrano di prepotenza in azione. L'apparizione del tram o dell'autobus è un sollievo e una battaglia, ognuno è pronto a lottare per salire. All'arrivo del mezzo pubblico l'onda umana, che nel frattempo si è decuplicata, è in fermento, risoluta a travolgere chi si frapponga tra essa e la porta del veicolo quando si aprirà. Non si aspetta neanche che qualcuno scenda, si sale e ci si avvale di tutto, spinte, gomitate, strattoni, scavalcamenti e parolacce per impossessarsi di diritto di uno dei posti a sedere virtualmente libero. Una volta saliti, per procurarsene uno si è costretti a lottare con chi tenta il sorpasso, ma, se non sei più che abile, rimani infinocchiato e la maggior parte delle volte viaggi in piedi. I posti a sedere non sono pochi ma insufficienti, e nelle ore di punta sembrano dissolti. Quelli riservati, è come se non ci fossero. Comunque sia, o sei seduto su un duro sedile di legno o stai ritto come uno stoccafisso attaccato a una maniglia, respiri aria malsana. Quando sei seduto e fai l'indifferente e te la godi perché hai vinto la battaglia del sedile, vieni fissato e studiato da chi è in piedi e ricevi sguardi pieni di avversione. Ti difendi da quegli sguardi feroci, guardando dal finestrino polveroso caseggiati uno appiccicato all'altro, auto e motorini che fanno a gara a sorpassarsi, alberi anneriti, enormi tabelloni pubblicitari, muri imbrattati, le solite scritte dei bar e le solite insegne dei negozi di ogni città. All'improvviso ti muovi. È un movimento naturale, ma chi sta in piedi non lo sa, crede che stai per lasciare il posto e si prepara a prenderne possesso, invece ti sei messo più comodo, e non pensi né vuoi pensare agli altri. Il loro sguardo penetra i neutroni e i protoni della tua carne, li distruggerebbero se potessero. La cordialità, la disponibilità sono un'utopia. Alcune volte ti si pianta davanti uno con le stampelle, un altro con la fascia gialla al braccio, un non vedente, sbuca tra i corpi una signora con tre bambini, ma non sono suoi e tu non lo puoi sapere che stanno con un'altra che ha già il suo posto. Che fare? Devi decidere all'istante se cedere il posto. Getti la spugna, ti alzi, ti trovi fregato nella calca. Se sei senza posto a sedere, l'è dura davvero. Ti puoi prendere qualche rimbeccata solo perché nella ressa straordinaria dei corpi hai toccato il culo a qualcuno. Stai con la mano fissa sulla tasca posteriore dei pantaloni per difendere il portafogli. Dici fra te - Cornuto!- all'indirizzo del signore che seduto ti osserva con il sorrisetto. Imprechi mentalmente per le frenate a secco, maledici i mezzi pubblici per la lentezza o, a tratti, per la troppa velocità con cui procedono, stringi i denti e sopporti la stanchezza che ti attanaglia e sai che soltanto alla penultima fermata, se scendi al capolinea, potrai sederti per un minuto: solo allora avrai vinto la battaglia del posto a sedere. Scendi, cammini ringobbito, ti fa male tutto. Sei stravolto pel viaggio e, se vai al lavoro, la tentazione di mandare a quel posto il capo o i colleghi quando ti dicono: Ti vedo in ottima forma stamani!, è sacrosanta. Se sei di ritorno a casa, beh, lì è un'altra sinfonia. Ma è sempre così? Con il passare dei giorni ti rendi conto che viaggiare in tram o in autobus ha anche i suoi lati gradevoli. Si riscopre un piccolo interessante mondo: meravigliosi palazzi mai osservati o semplicemente dimenticati, scorci di viuzze e vicoli caratteristici, monumenti, fontane e piazze deliziose di cui non ricordi più il nome si affacciano d'un tratto ai tuoi occhi. E poi il viavai sui marciapiedi, chi si ferma per un attimo a curiosare nelle vetrine, chi s'incontra per strada e scambia quattro chiacchiere, chi con aria compiaciuta sta tirando al guinzaglio un quattrogambe riccioluto che, ricoperto da un mantellino, con compiacimento e con orgoglio della padroncina, guarda caso, lascia proprio in mezzo al marciapiede il ricordino. E le suggestive bancarelle del mercato cui non avevi fatto più caso, i venditori pieni di vitalità che sbraitano e si sbracciano a mostrare i loro prodotti, e i loro strilli e i sorrisi di invito a comprare, e le donne che frugano tra le bancarelle, e i vigili urbani che chiacchierano e scherzano con la gente. E quella signora generosamente seduta a gambe accavallate al tavolino di un bar all'aperto che con studiata e maliziosa indifferenza lascia intravedere il paradiso mentre sorseggia un cappuccino e parla con gli amici. E quella coppia sdraiata sul prato dei giardini pubblici che si fa le coccole.

Affiorano i ricordi, il gridare, il ridere forte e il cantare delle donne alle finestre e sui balconi mentre stendevano i panni quando eri bambino; la partita di calcio con i ragazzini del quartiere, proprio in quella via, e la mamma che ti gridava - guai a te se torni a casa sporco, ti sistemo poi!; la panchina del primo appuntamento e aspettavi ed eri col batticuore e impacciato, tanto che per dire solo - Ciao!- balbettasti. E riconosci l'angolo dove t'incontravi con gli amici e da lì sbirciavi le ragazze, e cento metri più avanti, dove il fiume fa un'ansa verso destra, l'osteria delle bisbocciate con i colleghi dell'Università, e nel vicolo, oggi semicoperto da grandi cartelloni pubblicitari, il ristorantino dove ti avevano incantato gli occhi verdi del tuo grande amore.

Una frenata, un sussulto. Volgi lo sguardo.

Una coppia di anziani si tengono per mano, fanno tenerezza. E quella combriccola di giovani? Scherzano, ridono, sprigionano spensieratezza, la gioiosa incoscienza del loro cammino nel presente, e ti viene voglia di immischiarti in quel gioco serio.

E quel signore? Accovacciato sul sedile legge il giornale e di tanto in tanto punta al di fuori lo sguardo e fissa, e un leggero sorriso appare sulle sue labbra e si tramuta, greve, d'un attimo, e riprende la lettura con un sospiro.

È un formicolio di sensazioni d'intorno.

Guardi compiaciuto, curioso, interessato, i volti dei compagni di viaggio e avverti l'allegria, il dolore, l'insoddisfazione, la noia, i sogni, la loro e la tua umanità.

Andrea insulanus,
in Igilio natus,
ad piorum sedem
manus supplices detendit
et de vera strudheli memoria chirographum
a.d. III Kalendas Decembres
anno Domini MMIX obtinuit.

Perché il Signore sfrattò l'omo e la donna dall'Eden per via delle mele renette e dello strudel.

Era il più bel Giardino che si fosse mai concepito, progettato e realizzato. Quanto esteso fosse quel giardino non si sa, ma era grande davvero. Confinava con il cielo. L'alba e il tramonto ne erano la cornice. Artefice di questa meraviglia, il Padreterno. Dopo quasi una settimana d'impegnativa e piacevole attività a ordinare l'universo nell'infinità dello spazio e del tempo, il Signore aveva plasmato la Terra. Un gioiello.

Poi per un atto di smisurato amore aveva creato l'Omo. L'Omo, l'era un capolavoro. Un metro e ottantacinque di altezza per un peso di settantacinque chili, v'erano concentrate in lui tutte le leggi della fisica, della chimica, della matematica, della zoologia, pure delle scienze umanistiche. Nulla sgarrava, tanto che l'Altissimo, nell'attimo seguente alla di lui creazione, contemplandolo, si sentì in un brodo di giuggiole.

Ma il Creatore non è il Signore per caso. L'Ente Supremo sapeva nella sua divina sapienza che l'Omo non sarebbe stato, ma che dire felice, nemmeno contento di vivere da solo, senza una compagna, senza una complice. Per evitare proteste e lamentele, forgiò allora un fior fiore di creatura, la donna: un metro e settantacinque di altezza, cinquantacinque chili di peso, novantacinque centimetri di petto, settanta di vita, novantacinque di chiappe.

Che coppia! Da che mondo era mondo, non se n'era vista una più armonica, attraente, ineguagliabile. L'orgoglio divino, alieno da qualsiasi parvenza di peccato, era appagato. Ma s'era chiesta la Divina Maestà: - Dove lo metto l'Omo? Già, dove. Per un paio di giorni l'Omo e la donna, non avendo casa, furono ospiti suoi in un bilocale messo su per l'evenienza. Dove e come non c'è dato di sapere. Poi, per motivi di riguardo verso le creature angeliche e di riservatezza, in uno slancio di magnanimo altruismo il Signore si risolse per un soggiorno sulla Terra, appunto un Giardino, il più inimitabile, assolutamente confacente e vantaggioso per l'Omo e la donna, che poi gliele avrebbero fatte vedere nere e quasi quasi gli avrebbero fatto tirar giù qualche madonna se Lui non fosse il Dio tollerante, clemente, comprensivo, generoso, indulgente, misericordioso, paziente che l'era. Ma tant'è, mai avrebbe avuto rimorsi di coscienza.

Come battezzarlo, ché un nome ce lo doveva pure avere quel giardino. Edam? No, sapeva troppo di formaggio. Edèma? Neanche andava bene, avrebbe fatto pensare troppo alle bòtte, ai lividi, alla prepotenza, ai soprusi. Ebdòmada? Nemmeno, avrebbe richiamato alla mente i pettegolezzi, i gossip, l'essere sulla bocca di tutti, ogni settimana. Eden? Eden! Il luogo delle delizie, della gioia, dell'amore. L'Eden, dimora sostentamento e letizia per l'Omo, fu un nobile dono dell'infinita generosità del Sommo Artefice. Mica poco!

Il Signore però aveva sapore dell'Omo fin dall'alba. Non Gli erano infrattate le encomiabili qualità del suo beniamino, ma neanche i nei dell'animo e della mente, l'ambizione, l'egoismo, la diffidenza, la fame di protagonismo. La Sua sola parola non gli sarebbe stata mai una garanzia sufficiente per questa proprietà. Come non gli sarebbe mai bastata, all'Omo, anche per altre questioni ché lui avrebbe voluto essere impresario e gestore. Il modificare, rimuovere, reinventare, trasformare, violentare la natura o lasciarla inalterata sempre sarebbero stati un suo arbitrato e un merito, e ne avrebbe reclamato legittima approvazione e riconoscenza. In previsione di ciò, per non privarlo di questo impudente convincimento, per evitare ipotetici fraintendimenti sull'esclusiva del godimento del bene e sulle competenze, il Signore pensò di regolarizzare la cessione del fondo con un atto formale, una transazione. A due condizioni: ragionevole convivenza con le altre creature, anche in altre parti della terra nel caso in cui l'Omo avesse dovuto o fosse stato costretto a traslocarvi; osservanza senza se e senza ma della Costituzione Divina, dieci articoli esaurienti e inequivocabili. Rispettarli non avrebbe implicato granché, un tantino di volontà, di riflessione e di senno. Un prontuario breve, chiaro e facile da ricordare.

L'Omo ha dimostrato quanto sia incline a mantenere la parola data. L'egoismo e il desiderio di dominio hanno sollevato nel tempo ragioni e prerogative per rubare, sopraffare, opprimere, perseguitare, uccidere, disonorare, costringere altri uomini all'emarginazione, all'esclusione, alla solitudine, a ramingare senza casa e proprietà, anche in Suo nome. Ma se Iddio ne aveva già il sentore, perché questa fiducia?

Ci fu un contrattempo che poteva ritardare l'operazione chirografo: l'Omo e la donna non sapevano né leggere né scrivere. Repentina la reazione: corso intensivo di ortoepía e ortografía, pochi minuti, ché l'Omo e la donna sapevano anche apprendere velocemente, e l'intoppo fu rimosso.

L'Eterno, l'Architetto per eccellenza, aveva la sua dimora nella Città Eterna, più precisamente nel Paradiso, in un attico al di sopra del creato, con una onnicomprensiva vista sull'universo di cui, dopo tanta diligente coscienziosa ponderata e responsabile operosità, ne poteva gustare le ineguagliabili bellezze. Una scelta spontanea e logica, non per distinguersi dalle sue creature né tanto meno per vanagloria o snobismo. A parte certe immancabili incomodi naturali, se si può dire, pioggia, neve, grandine, tuoni, fulmini, afa, caldo torrido, nebbia, vento, tornados, tempeste di sabbia, alluvioni, maremoti, terremoti che avrebbe condiviso con l'Omo per uno slancio di sincero e profondo amore verso la sua creatura, avere una dimora sulla Terra con il passar del tempo lo avrebbe messo alla mercé di chissà quanti visitatori, chi per curiosità, chi a chiedere elemosine o un favore, chi a lamentarsi, chi a voler ridiscutere l'ordine del creato. Avrebbe dovuto istituire l'ora di ricevimento. Immaginiamoci solo questo, e mi limito, l'ippopotamo, l'orso, il lupo, l'alpaca, il leone, il ghepardo, la gallina, pure qualche foglia d'albero, uno dopo l'altro a geremiare: il coccodrillo si piglia tutto il posto nel fiume per fare la toeletta, il salmone è scorretto salta troppo in alto, l'agnello non viene più al ruscello ché s'è fatto furbo, il lama è dispettoso mi sputa, lo gnu ci ha le corna troppo appuntite, la gazzella corre come un siluro bisogna metterle il riduttore di velocità, il gallo fa il pleiboi e ci prova con tutte, il vento rompe, e via di seguito. No, sarebbe stato troppo!

Seguito dall'Omo, dalla Donna, dalla Corte Celeste osannante, Angeli, Cherubini, Dominazioni, Potestà, Principati, Serafini, Troni e Virtù con i labari del proprio rango, e preceduto dagli Arcangeli Michele con il fioretto sguainato e da Gabriele e Raffaele maestri di palazzo, la Luce Eterna discese sul Pianeta. Il Dio degli Eserciti in verità non ci teneva per nulla a tali forme di sontuosità o, peggio ancora se si potesse solo pensare, di esibizione, ma era doveroso dare un senso di credito, di responsabilità e di festa alla sua prima visita ufficiale sulla Terra. La cerimonia fu breve. Una frase soltanto: - Sia l'Eden!-, e l'Eden fu. Di seguito, lettura del testo sulla concessione e accettazione consensuale con le firme. È vero che "l'adesione e il consenso, che l'accettazione comporta, implicano una riserva, una sfumatura di necessità, e dunque non del tutto liberi o spontanei", ciò nonostante l'Omo con il buonsenso, l'avvedutezza e l'equilibrio avrebbe avuto mano libera. Tale superba donazione fu, come dire, un credito fiduciario che tenne conto dell'intelligenza e del senso di responsabilità dell'Omo. E il Re dei Re soggiunse:- Omo e donna, questo è tutto vostro, godete la vita, mangiate e bevete, e rendete grazie al Signore Dio Vostro-.

Il giardino delle delizie era programmato secondo lo scorrere parallelo delle stagioni, meglio detto le stagioni facevano il loro corso tutte insieme con ciclo metereologico sincronico. Per trasferirsi dall'ambiente estivo a quello invernale o dal primaverile a quello autunnale era facilissimo, bastava orientarsi secondo i punti cardinali: sud estate, nord inverno, est primavera, ovest autunno.

L'Omo fu legittimato a raccogliere i frutti dove volesse senza dichiararne il luogo di provenienza, a bere alle sorgenti oligominerali naturali senza la paura di doparsi. Avrebbe potuto praticare salutari attività ricreative e sportive con i migliori allenatori sul mercato senza pagare le quote d'iscrizione: correre in velocità con il ghepardo, gareggiare al salto in alto con il canguro, al salto in lungo con le gazzelle, alla lotta con i gorilla, al nuoto con le mante, immergersi in apnea con i delfini, pattinare con gli orsi bianchi sul mare ghiacciato, fare lo sci di fondo seguendo le tracce lasciate dalle volpi bianche su candidi e intatti percorsi innevati a piedi nudi tanto non avrebbe sentito il freddo. Poteva giovarsi di rinfrescanti e gradevoli docce naturali, le cascate, generose di salutari sali minerali. Poteva alternare il piacere salutistico della sauna nel deserto con la frescura elettrizzante delle oasi, avvolgersi nel fieno per rivitalizzare la pelle, applicarsi fango termale quale profilassi contro improbabili dolori reumatici, e dormire o riposare su ortopedici prati.

Su un agevole pendio, accarezzato per l'intera giornata dai raggi del sole, crescevano, fiorivano e fruttificavano dei meli. A metà costa troneggiava una pianta di renette, per volere divino una quattro-stagioni, dal sapore commisto, dolce e asprignolo, un'inebriante sinfonia di gusto e di piacere. Le aveva adocchiate Michele, eccelso pasticciere, e, vi svelerò un segreto, un geniale fiorettista, popolare e stimato in Paradiso per la sfida al fioretto con Lucifero, un evento indimenticato nell'Empireo.

Lucifero era uno dei quattro Arcangeli, il più seducente, un adone, un apollo, semplicemente favoloso. Nella storia del mondo solo un essere potrà competere con lui, anzi gli sarà superiore per una componente naturale immarcescibile, enigmatica, misteriosa e irrazionale del proprio fascino, cui sarà impossibile resistere, il leggendario "Play boy delle Ande", colui che, come dirà un poeta, avrà un inesprimibile allettamento voluttuoso nell'apertura delle sue labbra.

Simbolo per eccellenza della leggiadría, del fascino, del rapimento, della grazia, dell'armonia, nel Paradiso aveva la funzione di rappresentare la maestosità e la bellezza del creato. Ma si prese così cura del suo aspetto e s'innamorò talmente di sé, che, vanesio e spocchioso agli estremi del rincoglionimento, si convinse di essere la Divina Onnipotenza.

Tentò un colpo di Paradiso. Non vi dico quel che successe lassù, nell'attico. Mica perché il Padreterno fosse geloso, ma figuriamoci, ma come si poteva essere così screanzati, villani, buzzurri? Il primo giusto impulso fu quello di estrometterlo subito di brutto dall'Eliso, ma, per amore della Giustizia, Iddio decise di far assaporare una pungente lezione a quel bifolco, una sfida al fioretto con Michele, a quarantacinque punti.

Subito dopo il crepuscolo di una giornata tutta un formicolio di aspettative e di fantasie fra le beatitudini angeliche, i due contendenti si mossero verso il Circo Megamassimo, poco distante dal Viale Celeste che sboccava sulla piazza antistante l'entrata principale del Paradiso. La costruzione ad anfiteatro era senza copertura del tetto, tanto nella Città Eterna non pioveva mai, e ospitava al centro una fantasmagorica pedana illuminata da luce concentrata megagalattica. Di solito tale complesso policulturale serviva per incontri corali di meditazione, preghiere di ringraziamento, e, già prima del tempo a venire, per convegni in cui si deliberava e si stilavano emendamenti per frenare l'infinita sragionevolezza che l'uomo avrebbe mostrato nel futuro. In tali riunioni, presiedute dal Garante Celeste, gli arcangeli Gabriele e Raffaele, venivano poste all'attenzione dei delegati delle beatitudini angeliche controversie socioeticoteologiche del tipo: "brama di ricchezze e di potere, furbi e furbetti; nepotismo e servilismo; egoismo e solidarietà ; poveri di spirito e poveri in canna; il culattonismo, nessi e contronessi etici e sociali; si deve trombare solo per amore?; la pillola, ma serve?; coppia di fatto, il killer della famiglia; pedofilia, l'amore oltre i limiti". Vertenze, è vero, non facili da dirimere, le cui risoluzioni comunque sarebbero state offerte in forma di rivelazioni o di contemplative intuizioni a coloro che, guidati e confortati dall'Amore, sarebbero riusciti a sollevarsi dagli appetiti umani più gretti. Questioni che per il bene del genere umano la CUPI qualche millennio più tardi volutamente equivocherà e stravolgerà, avallate dai più stonati e deleteri trii politici cameristici vocali di una straordinaria nazione a forma di stivale, il MABUCA e il BESAME, terzetti onnipresenti sulla di lei scena parlamentare, apparentemente dinamici e innovatori, in verità passatisti e, peggio ancora, misoneisti, tenacemente ostili a ogni novità e cambiamento, esserini che milioni di cittadini, di cui una parte annebbiati da inattendibili e illusori proclami, avrebbero dovuto subire e soffrire.

Dato l'evento, la notizia era rimbalzata di galassia in galassia, ma, date le distanze, nessun alieno avrebbe avuto la possibilità di arrivare in tempo ad assistere allo spettacolo.

Non solo, essendo gratis l'entrata, non avrebbe trovato posto neanche se avesse voluto comprare dai bagarini un biglietto non emesso riciclato per l'occasione. Sarebbe stato un viaggio senza speranza.

Il Signore declinò la Sua presenza per non influenzare la sensibilità psico-motoria dei contendenti.

La struttura era stata messa a disposizione dei coordinatori, Gabriele e Raffaele, che nella circostanza agirono anche da arbitri. Gli spalti erano gremiti. I sostenitori di Lucifero in curva sud, quelli di Michele in curva nord. Bandiere, striscioni, rullare di tamburi, strombazzamenti, cori, ritmiche battute di mani, grida. Che scenario! Che coreografie! I due campioni salirono sulla pedana antiscivolo ognuno dal lato opposto, contemporaneamente, acclamati da miriadi di ammiratrici beatitudini angeliche.

Al suono serafico di un oricalco, ebbe inizio la competizione. Abilissimi entrambi nell'arte della scherma, a viso scoperto, imperterriti e forti sulle gambe, per alcune manciate di secondi si studiarono, si guardarono negli occhi cercando di carpire una reciproca insicurezza. Nulla traspariva. Poi, attacco e difesa, affondi e controaffondi, furono un tutt'uno. La tenzone era in equilibrio, aperta a ogni risultato, da cardioplasma. I leggendari quattro moschettieri a tale spettacolo sarebbero rimasti a bocca aperta. Ovazioni e querimonie, indescrivibile euforia, tifo alle stelle esaltavano la contesa. Gruppetti di esagitati deliravano, giurando sulla vittoria del loro pupillo e proponendo solo a livello di scilinguagnolo scommesse che non erano permesse. I movimenti sulla pedana erano eleganti, le stoccate dell'uno e dell'altro erano precise, segno di grande maestría. A ogni colpo inferto, Sirio emetteva una luce intermittente. Allora l'uno o l'altro dei duellanti si rivolgeva al pubblico, alzava le braccia in segno di giubilo. Gli applausi e le urla scrosciavano e infiammavano la gara. I due paladini sudavano, un sudore angelico che non dava fastidio ma che rinfrescava. Poi la stanchezza, che per Divina Provvidenza in egual misura scese sui contendenti, incominciò a farsi sentire. Erano sul quarantaquattro pari, distrarsi adesso sarebbe stato fatale.

Lucifero, un figurino, corpo svirgolato, capelli neri e lisci, raccolti sulla spalla sinistra a mo' di coda mozza, alla gagà come i vagheggini cileni, due virgola due centimetri più basso dell'avversario, impressionava per la destrezza con cui riusciva a colpire al petto il rivale.

Michele, un sogno per le suocere, chioma castano-dorata, arruffata e leggermente svolazzante, alla Brad Pitt prima maniera, mancino, arricchiva il proprio punteggio con finte e controfinte fantasiose e con stoccate imprevedibili soprattutto al volto, imprimendovi piccole scalfitture e provocando in Lucifero risentimento e preoccupazione: - Sta rovinando la mia bellezza, chi mi guarderà mai più? Michele, al centro della pedana, portò un affondo, finse una stoccata al viso. Lucifero, teso e contratto, invece di controbattere cercò di parare il colpo, alzando orizzontalmente l'arma. Un attimo, letale. Il fioretto di Michele s'inserì nell'elsa del rivale. Lucifero, ferito leggermente alla mano, allentò la presa, la sua arma prese il volo. Un colpo eccellente, un misto di scuola italiana, francese, ungherese, cinese e russa. Un boato di esultanza al suono di trombe e al rullare di tamburi si levò dalla curva nord, delusione e il silenzio più greve in curva sud. Lucifero fu interdetto dalle sue funzioni ufficiali, chiese una riduzione della pena, ma Dio, giusto nella Sua divina misericordia, non poté accogliere la richiesta. Lucifero, che dovette cambiare nome in Diavolo, prese la via dell'esilio con tutti i suoi sostenitori, accasandosi nell'Inferno, un luogo particolare, sempre buio, dove stabilì la residenza, covando brame di vendetta.

Michele aveva una grande passione per i dolci. Li concepiva e preparava con abilità, grazia, delicatezza, armonia, pazienza che nessuna mente umana avrebbe potuto immaginare.

Un pomeriggio, in sul crepuscolo, quando sulla Terra la quiete della sera invita al riposo, Michele si presentò al suo Creatore con un cartoccio intrecciato con strisce di foglia di palma. Da quell'involto di pasta dorata leggermente croccante, ripiena di sottili spicchi di mele renette cannella uva passa pinoli noci e zucchero vanigliato, emanava un aroma allettante e delicato. Era nato lo strudel. Al Signore solleticarono le narici, così che non potette fare a meno di dire: - Una fragranza così deliziosa vale un peccatuccio di gola! A queste parole ci fu un attimo di..., niente, se a pronunciarle era la Divina Sapienza, perché scomporsi? Il Dio del Cielo e della Terra, che sapeva già, volle conoscere e chiese a Michele.

La delicatezza e la prelibatezza di questa deliziosa creazione Gli furono talmente gradite che da allora ogni giorno al tramonto, centellinando un giovane e fresco rosé annata zero, dall'ampio e vivace bouquet, note fruttate di lampone e ribes e fondo agrumato di pompelmo rosa, dal gradevole e leggero retrogusto di ciliegia matura (è vero che Noè, illustre produttore e assaggiatore di vini, non era ancora nato, ma questo è un particolare insignificante nella storia dell'enologia divina), ne assaporava una divina quantità. Era rimasto così conquistato da quella gradevole armonia degli ingredienti che decise, per eliminare eventuali equivoci, di ridiscendere sulla Terra a far quattro chiacchiere di chiarimento con l'Omo e la Donna.

- Ascoltatemi bene, ragazzi-, disse con un accento d'invito che non escludeva un'ingiunzione - Lo vedete quell'albero là, su quel leggero pendio, carico di frutti gialloverdognoli? Embè, di questo giardino potete gustare tutti i frutti che vorrete, ma guai, e lo sottolineo, guai se da quel melo ne verrà a mancare anche solo uno. Mi fareste indiavolare, non vi dico quanto. Ricevereste una punizione tale che solo Dio, cioè Io, sa quanto terribile potrà essere.

Per la seconda volta l'Eterno aveva pronunciato parole che... Seguì un ossequioso silenzio. Dio, inarcando il sopracciglio sinistro, gettò uno sguardo sugli astanti e, così com'era venuto, se ne ritornò nel suo attico.

L'Omo e la Donna non proferirono parola, capirono, o meglio sembrò che avessero capito. Poi si appartarono, intenti al loro impegno principale, la procreazione. Ma anche per quella volta nessun risultato.

Gli anni passavano. Sulla Terra nessuna lamentela. L'Omo e la Donna trascorrevano felici le loro giornate ancora in armonica convivenza con la natura. Avevano superato da poco la soglia dei cento anni, con una figura da urlo, dei veri modelli. Era l'età giusta per mettere su famiglia. Sembravano maturi. L'Omo faceva tutto quello che la compagna richiedeva, e volentieri s'intende, anche se si gonfiava un po', convinto che la Donna facesse quel che voleva lui. La Donna era peperina e furba, con certi grilli per la testa, ma quando si è ragazze, chi non ce li ha? Che il compagno sembrasse aver perduto un po' l'ardore dei sensi, lo pensava, lo voleva pensare, lei. Ogni tanto sbirciava in qua e là, curiosa, speranzosa, insomma le sarebbe piaciuto se un altro omo le avesse fatto un po' di corte, un tipo alla Ricky il bolognese, fulgido sollazzapatonze nei tempi a venire. Ahimé, altri omini non c'erano.

Una mattina, dopo una lunga rinfrescante nuotata durante la quale aveva avvertito sul proprio corpo la piacevole e delicata pulsione erotica della carezza massaggiatrice della spuma del mare, la Donna, vestita solo dell'incanto e della malia del suo corpo, girellava per il giardino, canticchiava, mimava lo svolazzare delle farfalle, si specchiava nelle acque del ruscello.

Sentiva una frenesia che era più birichina e viva di quella che provava quando si stendeva insieme all'Omo sulla spiaggia. L'Omo si avvicinò. Avrebbe voluto. - Mi son presa una giornata sabbatica - disse lei, e non ci fu nulla da fare.

Arrivò al pendio, quello inondato di meli carichi di frutti. Non poté fare a meno di meravigliare quello spettacolo. Fra tutti spiccava il melo renetta. Vi si diresse, ne inspirò l'intenso inebriante aroma, lo divorò con gli occhi. - Bello davvero, e quanti fiori, e quante mele! Devon esser pure così buone. O perché mai non si posson assaggiare? O perché il Signore ci ha proibito di coglierle? E se ne prendessi una? Mica le avrà contate. A che Gli servono tutte queste mele?

Sù, nel Paradiso s'era sparsa la voce che Michele avesse creato un dolce che faceva venire l'acquolina in bocca al Padreterno. Ci si può immaginare che l'era successo. Se un dolce del genere piaceva al Signore, doveva essere una squisitezza. Una mattina in sull'albore la corte celeste al completo s'era messa in fila davanti al forno di Michele. Al nostro caro Arcangelo, che tornava proprio allora dall'Eden con un cestino ricolmo di renette le più saporite (non le assaggiava ché ci aveva l'occhio dell'intenditore, lui le sceglieva), a vedere tutta quella folla gli venne un colpo. - Ragazzi, un sento storie, un c'è nulla da fare, il dolce ell'è pel Signore, tornate alle vostre occupazioni, sparpagliatevi!-, ma nessuno si muoveva, tutti in fila, carini, in attesa. Intanto una ristretta maestranza sindacale scelta dalle beatitudini angeliche si era incamminata verso l'attico del Padreterno con una richiesta scritta, un punto soltanto, a lettere maiuscole e a stampatello:

ASSAGGIO STRUDEL VOLTE TRE A SETTIMANA.

Raffaele, che era anche il portinaio ufficiale del Paradiso con contratto part-time ma a tempo indeterminato, portò la commenda a Gabriele, sottosegretario al Governo Divino, che, dopo aver valutato i pro e i contro, decise di presentare l'istanza all'Onnipotente.

- E ti pareva, ma come hanno fatto a sapello! - esclamò Dio. Poi, letta la richiesta: - Tre volte a settimana!? Che scherziamo, non se ne parla per nulla!- ma, poiché aveva un cuore d'oro, firmò subito un decreto legge: una volta ogni quindici giorni la truppa paradisiaca poteva gustare una fetta di strudel, così Lui per i successivi sessanta giorni avrebbe avuto tempo per decidere se trasformarlo in legge. Michele volentieri avrebbe storto il naso, ma ogni volere di Dio era per lui un desiderio.

Un sibilo che sembrava una risatina, o una risatina che sembrava un sibilo, destò l'attenzione della Donna verso il melo renetta. Guardò. Tra le fronde e i frutti vide un capo di serpente appoggiato alla coda tenuta in sù, dagli occhi sorridenti e un po' beffardi, alla Tom Cruise per intenderci.

- Buongiorno donna - disse con voce suadente - quanto

sei bella, stamane ancor di più! Che labbra, che petto, che gambe, che straf… quale grazia nel portamento! Sei l'unica vera regina e signora di questo giardino. Come tu vedi, i fiori s'inchinano al tuo passare, gli alberi stormiscono le loro fronde, i ruscelli gorgogliano più forte quando attingi con la mano l'acqua per rinfrescarti, gli uccelli gioiscono al tuo canto e il sole irradia innamorato il tuo volto -.

La donna sgranò gli occhi. Un serpente che parlava! Un attimo di smarrimento, si riprese, focalizzò la situazione. - Oh, che complimenti, com'è galante, signorile, che simpaticone, ma che faccia tosta, che ci prova?

- Avvicinati Donna, non aver paura. Io sono Lucifero, il portatore di luce, un ex-arcangelo. In queste frigide sembianze, ma ricche di sangue rovente, sopporto meglio il fascino che emani -. La Donna, adulata da queste parole, si sentì deliziata. In quel momento Lucifero riprese l'aspetto primigenio. Quale portento! - Un sogno!- disse la Donna con voce flebile e palpitante. Era la tentazione, e che tentazione, in carne e ossa, e le cicatrici sul volto gli donavano. Per la nostra progenitrice un duro esame. La Donna fu rapita dal mistero, dal rifulgente splendore e dal finto infuocato desiderio che sprigionavano quegli occhi. O perché non li aveva visti prima occhi così affascinanti! Si sentì proiettata in uno scenario inimmaginabile per noi, in cui la fantasia galoppava. Stregata da quella visione, le gambe diventarono molli, le mancò il respiro, non capì più nulla. Si riprese un attimo, ma pur di non perdere quella vista era disposta a tutto. Avrebbe scalato a piedi scalzi le montagne più impervie e alte senza l'ausilio di bombole di ossigeno, avrebbe attraversato a nuoto gli oceani in burrasca, avrebbe svolto i lavori più gravosi e uggiosi, giorno e notte, come stare dietro a un bancone di un bar, purtroppo allora non ce n'erano, ad asciugare bicchieri o uno solo per ore e ore pur di gustare all'infinito la dolcezza, l'ebbrezza, il delizioso stordimento di quell'eccitante sguardo.

Lucifero scese dal melo, si avvicinò. Alla donna palpitava il cuore. Stava per svenire. L'emozione era da capogiro. Si fece animo. Inghiottì più volte. Era turbata, eccitata. Lucifero la guardò più intensamente, inebriandola di desiderio. La prese per mano. S'incamminarono verso una piazzola abbellita da una refrigerante risorgiva, dove l'Omo e la Donna con la luna piena si recavano a ballare. D'intorno lussureggianti pini marittimi, si fermarono, si brancicarono. Appiccicati, erano bagnati. Volevano, ma potevano essere sorpresi. Piegarono allora lungo un leggero pendio che portava al mare. Il moscardino azzittamonache la condusse in un angolo di spiaggia a ridosso di un palmizio. La donna, stordita oramai dalla bramosia, fu al centro dell'universo. Lucifero, raffinato intenditore di fantasioso eros, il suo un profondo straordinario intendere erotico di stampo cileno-bolognese, sapeva come sollecitare, destreggiarsi, agire, venire incontro. Non riferisco quel che successe, che direste - Ma figurati!- Figurati un cavolo, fu una cosa troppo seria per la donna, tanto che, infoiata e stordita dalla voluttà, pensò di chiedere subito la separazione, consensuale o giudiziale che fosse, ed era solo accompagnata.

Fu un peccato? Rapita nell'estasi di quegli occhi, neanche si era accorta di quel che stava facendo, poverina, quindi, che colpa poteva avere? Comunque sia, una tale giornata, come quella da venire, non l'avrebbe mai dimenticata. La sera Lucifero prese congedo. - A domani - le sillabò lusinghevole, gli occhi languidi e carezzevoli, dandole appuntamento sotto lo stesso melo per il giorno dopo, alla stessa ora.

La Donna era nel mondo dei sogni, non stava più nella pelle. L'Omo non le interessava più e, quando ritornò a casa, neanche lo guardò.

Che nottata, quella! Agitazioni, batticuori, brividi, desideri, eccitazioni, foie, fremiti, mugolii, palpiti, smanie, struggimenti, subbugli, sussulti, tremolii, turbamenti, voglie e, diciamolo pure, fregole le furono di piacevole compagnia. Sentiva in sé una gran febbre che la eccitava e la faceva gioire. Forse avrebbe realizzato i suoi sogni, quelli inconsapevoli e quelli intenzionali, anche se ancora non sapeva come. Il volto di Lucifero non si staccava dal suo pensiero. Oh, se fosse stato accanto a lei!

L'Omo le era vicino, di spalle, e provava a dormire, ma non ci riusciva. La Donna era stramba, troppo. Non sapeva lui cosa fosse successo e non capiva che stesse succedendo. Si sentiva pervaso da un non definibile turbamento e una crescente apprensione. Il primo ed eminente cornuto della storia dell'umanità, ma lui non l'avrebbe mai saputo, allo stesso tempo era appagato e deliziato dalla vista e dalla presenza della Donna. - O che l'è capitato? Che si sia fatta una canna?- pensò, ma un effetto così l'era proprio esagerato.

L'Omo era stanco, aveva sonno, doveva riposare. Le sue giornate tutto sommato erano impegnative e onerose. Farsi carico di popolare la terra, a parte quella mattina che l'era andata male, non era mica cosa da nulla! Per mantenersi in forma, la sua era una frenetica e industriosa attività. Corse di defaticamento per venticinque minuti con le gazzelle, assalto in scioltezza a strappi collinari con i canguri, lotta con i rinoceronti per rafforzare la muscolatura delle braccia e delle gambe, nuoto di fondo per quaranta minuti su una distanza di dieci chilometri andata e ritorno, venti minuti di riposo e di poi immersione in apnea con i delfini fino a mille metri di profondità in poco più di quattro minuti, mille e poi mille esercizi per rendere più sciolte ed elastiche certe fasce muscolari, abbronzatura almeno per un'ora al giorno per defilarsi, passeggiata di meditazione nella frescura del bosco per trovare giusta ponderazione ed equilibrio psichico. Un'attività dura e costante. Si alzò, si avviò verso la spiaggia e là, al canto delle sirene, si addormentò.

La Donna non riusciva a chiuder occhio, o meglio, gli occhi li teneva chiusi per rivolgere più tetragono il pensiero bramoso, fantasioso ed eccitato a Lucifero. Non ne poteva più e non vedeva l'ora che sorgesse l'alba. Si sarebbe resa più seducente e desiderabile. Forse Lucifero avrebbe deciso di stare con lei. La luce del mattino fece capolino sull'orizzonte. L'aria era tiepida. Nuvole sature di pioggia contrastavano con il chiarore purpureo dell'aurora. Uno spettacolo. Un maestoso silenzio, un rintocco dell'anima, invitava a riflettere, ma come le sarebbe stato possibile? La Donna si tirò su, e si avviò con incedere voluttuoso verso la spiaggia. L'Omo dormiva tra due piccole dune. Non lo degnò di attenzione. Il suo pensiero era altrove. Scese in acqua, leggiadra, nuotando con grazia. Una visione guardarla. Il sole saliva lentamente lungo l'arco del globo squarciando con i suoi raggi le nubi gravide. La donna, vestita meravigliosamente di sé stessa, uscì dal mare. I lunghi capelli morbidi appena mossi da leggeri refoli di vento e il petto imperlato da sfavillanti gocce d'acqua l'aggraziavano, e un tanto di seducente traspariva dai movimenti delle braccia, delle anche, delle gambe. Si diresse verso il pendio dove si trovava il melo renetta con un giro per il Giardino, più ampio del solito. Ma non c'era un granché di allegria d'intorno. I fiori, che di consueto vibravano al suo passaggio, se ne stavano con le corolle mezze abbassate. Le farfalle non svolazzavano. Gli scoiattoli, che al suo passare incrociavano i loro salti da un ramo e l'altro in una gara di appassionata ammirazione per lei, erano aggrappati al tronco delle querce con gli orecchi tesi in stato di allerta. Gli uccellini che fin dall'alba non danno pace con i loro cori, chiotti chiotti dal nido non facevano sporgere nemmeno il becco. La Donna neanche si accorse che le creature della Terra non le mostrassero la loro attenzione, e non se ne dette peso. E come avrebbe potuto se la mente era altrove? Proseguì e, arrivata al pendio, lo vide. Che tuffo al cuore! Lucifero, quel fustacchione, se ne stava le gambe penzoloni sul melo renetta, inghingherato alla Santiago de Cile, codino lucido e teso, camicia bianca a maniche lunghe arrotolate fino al gomito abbottonata in basso, petto semiscoperto, depilato, braghe rigonfie sul pube, sguardo lugliatico di chi sa che l'uva è matura da un pezzo. Non scese dalla pianta. Ostentatamente teneva in mano una mela renetta, mozzicata.

La sera prima, rientrato a tamburo battente nell'Inferno per l'indizionabilità del suo diabolico piano, era passato da Gianduione, capocuoco della mensa degli spiriti maligni e insignito del diploma di Grande Maestro Mistificatore Pasticciere. Nella dispensa dell'Inferno mancava tutto ciò che fosse dolce, tuttavia i risultati delle sue creazioni almeno alla vista erano invitanti. - O Gianduione! - disse Lucifero, - per domani voglio che tu mi realizzi una mela renetta, la più falsa ma la più identica a quelle che son nell'Eden. Ci siamo intesi? Devi realizzarla con la maestria di un Michelangelo e la scelta del colore di un Raffaello, alla Tintoretto per capirci. Non fare quella faccia da ebete, non ti preoccupare, non ti faranno concorrenza, nessuno prenderà il tuo posto, non sono né cuochi né pasticcieri quelli, sono pittori, non sono ancora nati. Cassettone ti farà vedere per un paio di minuti sull'infernal-projector un loro quadro. Tu concentrati, datti da fare e non pensare ad altro. Oh, mi raccomando, perché altrimenti mi farai venire un diavolo per capello-. Gianduione per non incorrere nei guai attese all'opera tutta la serata e la nottata, e la mattina seguente consegnò la renetta a Belzebù, il bel caprone, un soprannome affibbiato a Lucifero da Michele. Che organizzazione in quell'Inferno! Gongolante, Lucifero aveva lasciato il suo regno e aveva preso posto sul melo renetta.

Il Demonio guardò la donna, neanche un sorriso. Masticava lentamente la renetta, bella a vedersi ma una schifezza al sapore. La Donna, che per un attimo aveva risognato, si sentì mortificata, tradita. Neanche un complimento dopo quello che c'era stato tra di loro! Ma Lucifero in quel momento non poteva perché i complimenti glieli aveva fatti tutti il giorno precedente. E poi voleva raggiungere uno scopo, far arrabbiare qualcuno, credeva.

- Donna, o che lo vuoi dare un morsetto a questa mela?

La Donna rimase di sasso.

- L'è tanto bona, mantiene la pelle fresca e giovanile, la su' buccia contiene ventuno vitamine, rinforza le gengive, i denti saranno sani e splendenti, è una cura naturale e preventiva contro la cellulite, e la pelle del tuo podice e delle cosce rimarrà liscia e splendente. Lo so, tu la sei giovane adesso, ma quando avrai cinquecento anni? Prendila, assaggiala, l'è un toccasana, non aver paura, fidati non ti voglio imbrogliare-.

Disappunto e rabbia. Alla donna, le s'inumidirono gli occhi, neanche una parola carina da quello screanzato don

Giovanni, e lei che...

- Icché tu fai? Mi'a la vorrai piangere, 'un sei mi'a una bimba! Ti s'arrossisce la pelle del viso, che ti si screpola. La son qui, ti son vicino, come potrei stare lontano da te. Vieni, fidati! Credi davvero che io... guardami... guardami negli occhi!

La Donna lo guardò negli occhi. Si sentì squagliare. La testa le girò, scombussolata non capì più nulla. Si avvicinò, un leggero sorriso sulle labbra. C'era ricascata. Lo sapeva. Lo voleva.

- Vieni più vicino... solo a guardarti… dai, prendi una mela, assaggiala, ti farà bene. Non ci crederai, ma il mondo la ti sembrerà tutt'altro. Tu l'hai paura che qualcuno si arrabbi se te gli mangi la mela. L'ha detto solo per mettervi alla prova, te e quel tontolone dell'Omo, uno scherzo, v'ha preso in giro. E poi, ti svelo un segreto: con queste mele, e solo con queste, lui si fa preparare un dolce che si chiama strudel, l'è robba… l'è bôna assai, me l'hanno detto, un vôle che la si venga a sapé, si vôle tené l'esclusiva, l'è un po' goloso e pure geloso, c'è da capillo, ma una mela, o che vôi che sia! Guarda me! Tutte le mattine me ne gusto una. Quanto l'è bôna! Che succulenza, che squisitezza! Staccane una, quella lì, la più grossa, brava! Lucifero, c'è poco da dire, era un raffinato e navigato virtuoso nell'arte dello charme, del corteggiamento, dell'adulazione, dell'adescamento. Purtroppo per lui, nella storia dei tempi a venire, neanche fievolmente avrebbe potuto competere con Adalberòn Cristòbal Esteban Juan Felipe Gàlvez Rodriguez Ruiz y Vicente, conosciuto in patria come el Roto, un'ignobile mezzasega bella del sole di luglio, becera effigie del pipì sudamericano. In terra straniera sarà famoso come il "Play boy delle Ande"estroso sfilaslip dallo sguardo maliardo, maniacale cavalier servente dalle sensuali, pazzesche e invitanti labbra vermiglie, instancabile blekkendecker, penoso esibizionista dalle affettate movenze come un mariquita. Sarà indelebile nella memoria delle quarantaduenni per aver loro dispensato e rinfocolato con un sorriso passione e delizia dell'ebbrezza dei sensi, il diletto dei loro sogni, tanto da implorare, eccitate e senza un minimo di pudore, quel sacro nome, coricate accanto al compagno, facendo finta di dormire; intramontabile per quelle che solo al suo passare saranno preda di un inesauribile orgasmo; una gradita sofferenza, non è un paradosso, per quelle che in segreto saranno speranzose, trepidanti, di una sua parola; idolatrato in eterno da quelle che avranno il dono di gioire dei suoi libidinosi giochi carnali. Preannunciato da invidiabile fama di sbalorditive storie di concupiscenza e fecondo di febbri amorose, sarà attivo in una idilliaca isola del Tirreno nella seconda metà del mese di Luglio di un anno non ben precisato del ventunesimo secolo dell'era cristiana. E una sera in un bar, mentre sarà intento a tracannare un bianco doc mulinando, convinto intenditore, il bicchiere, con un sorriso scompiglierà la mente di quindici donne, oltre a quella della barista già sconvolta per l'effluvio erotico da lui sprigionato: cinque stramazzeranno sul pavimento in un beato deliquio; cinque in visibilio percepiranno la letizia dell'amore cieco; per le altre, fuori di sé, sarà necessario per giorni l'intervento di uno psicoterapeuta. Ma tutto ciò Lucifero non lo poteva sapere né lo avrebbe voluto sapere: essere solo il numero due nell'arte amatoria, anche se nella storia del mondo, sarebbe stata una sesquipedale delusione.

Scese dal melo. La donna prese la rincorsa, gli cadde tra le braccia, si aggrappò a lui. Con finta passione la strinse a sé, incollati le sviolinava il corpo, le arrivogliò una ciocca di capelli giocandoci, incurvò appena la testa avvicinando le sue alle labbra avide di lei, sfiorandole. Rimase un attimo come sospeso, le tirò da parte i capelli, la baciò sul collo, più volte, a lungo, a labbra aperte e calde, lasciandole un pronunciato frego violaceo. Solo lei sa quel che provò. Chiuse gli occhi. La fantasia galoppava. Avrebbe desiderato infilarsi e attardarsi con lui nel rézzo della notte per le viuzze di un romantico borgo, poi, focosa e travolgente, nell'intimità di un'alcova in casa della nonna. Che scalogna, era orfana di nonna.

Lucifero con un filo di voce che sembrò poesia le sussurrò: - Fallo per me! Casanova, al confronto, sarà un pivellino. La Donna, ammaliata da un'implicita quanto palese promessa vibrante di frivole, allettanti, infocate ore di passione, staccò il frutto. Che aroma, che buccia delicata! Le si sciolse l'acquolina in bocca, ma le venne a mente il sopracciglio sinistro inarcato del Padreterno. C'era da preoccuparsi.

- L'avrà fatto pure uno scherzo, e se scherzo non l'è?, pensò, ma toccata dalla voce carezzevole e seducente del Demonio, sbecchettò delicatamente la mela. Ne trovò il sapore strano ma piacevole. Chiuse gli occhi, ne staccò garbatamente ancora un tòcco, e ancora uno. Il gusto, questa volta, le parve più gradevole, un che di afrodisiaco. Provò un piacere singolare, il piacere del proibito.

Ritornata in sé, vide la faccia stralunata dell'Omo che la fissava, incredulo. Lucifero aveva ripreso il sembiante di serpente e se ne stava slungato sul melo.

- O che l'hai fatto? Che stai facendo? O perché l'hai presa quella mela? La sei rimbecillita? O 'un l'hai inteso che l'ha detto 'l bosse! 'Un ti capisco mi'a! L'è da ieri che la sei stramba, ce ne saranno state mele, proprio quella la vai a cogliere! 'l bosse s'infurierà di brutto!

- Omo, ascoltami!

- O chill'è?

- Guarda sul melo e lo saprai chill'è.

- Un serpente... che parla pure, o chi tu sei?

- Io sono Lucifero, il portatore di luce, un ex-arcangelo, licenziato in tronco, senza mutua e senza pensione. Mi presento sotto questo aspetto per non abbagliarti, ma ti voglio e ti devo illuminare sui tuoi diritti nell'Eden. Io sono un tuo difensore contro i soprusi dei potenti, e a te, come alla Donna, è stata fatta un'ingiustizia.

- Un rivoluzionario! Un sessantottino! Un sindacalista! O che vôle questo?

- Non essere minchione, ascoltami - e, con superba parlantina e una fittizia conoscenza di codici civili amministrativi e penali, si dette a postillare sui diritti e sui doveri che dovevano onorare sia l'Omo che il Padreterno. Sibilava, dimenava il capo in movimenti ipnotici. Infiammato e infervorato nell'arringa, la voce roca, sembrava un bischero di palude. - Però - si diceva di tanto in tanto l'Omo - unn'ha mi'a tutti i torti -. Quanto sia durata la sceneggiata, non si sa, manca il protocollo. Certo è che le spiegazioni e le eccezioni sollevate anche sui dieci punti accettati dall'Omo, quali condizione di validità per la donazione, fecero presa tanto che questi, per un istante, si sentì pronto e in dovere di scendere in piazza per un mezzo sciopero della sete e con un paio di cartelloni di protesta per reclamare i propri diritti. Gli si accostò la Donna, i capelli fluttuanti, labbra semiaperte e invitanti, sguardo accattivante, carico di voluttà, non per lui. Gli porse la mela: - Sii un Omo, un Omo vero! - lo aggredì con spudoratezza - Guardami! Io conosco il tuo desiderio, e non vorresti venire incontro al mio? Assaggia questa renetta e ti sentirai un altro -. L'Omo, che il giorno prima aveva avuto attimi di turbamento per i modi strani di fare della compagna, eccitato per l'invito, ohimè!, non esitò. Agguantò la mela, ne spiccò un gran pezzo, gli occhi lucenti per l'emozione di aver ritrovato la donna che aveva creduta, per un attimo, perduta. Provò a masticare. Non ci riusciva. Inghiottì. Lo spicchio di mela gli rimase di traverso nel gargarozzo. Ne venne fuori il pomo di Adamo. Un grido altissimo si levò per l'universo:

- Laaaaaaaaaaaaaa melaaaaaaaaaaaaa renettaaaaaaaaaaaaa!

Tuoni e fulmini e saette e venti tropeici e rovesci d'acqua e grandine si abbatterono di un subito su quel Giardino voluto dall'Amore Divino. Lucifero era scomparso.

L'Omo e la Donna si accorsero di essere nudi e per istinto cercarono di coprirsi in qualche modo, ed era un problema con sole due mani a testa. Soffrirono per la prima volta il freddo, tentarono di ripararsi in una grotta, ma un orso con la luna storta per essere stato disturbato nel sonno per un pelo non li sbranò. Il ruscello intanto s'era trasformato in un torrente, non si poteva passare, fecero giravolta, attraversarono di corsa un boschetto di olmi e raggiunsero la spiaggia, ma il mare era in tempesta e le onde coprivano il litorale. Le gambe, graffiate dalle sterpi, pizzicavano; l'affanno aumentava, sentirono di essere stanchi, ma la paura di ciò che stava succedendo toglieva loro la possibilità di riposarsi. Non sapevano che fare, dove andare, a chi rivolgersi. Si guardarono. Abbracciati, impauriti, tremanti, uniti nella colpa capirono d'averla fatta grossa. Una voce tuonò: - Omo, Donna, sarete portati al giudizio di Dio! Michele, armato di tutto punto che sembrava un centurione, con il fioretto sguainato riportò l'Omo e la Donna sul pendio, sotto il melo renetta. Lì, incatenato e guardato a vista da Gabriele e Raffaele, Lucifero o, se volete, il Diavolo, il Demonio, Belzebù, Satana, il Tentatore, il Grande Becco, l'Angelo Nero, il Corruttore, il Maligno, lo Spirito del Male. Quanto l'era brutto! All'Omo e alla Donna venne un colpo. Svennero. Furono portati i sali, una diecina di chili. Si ripresero. L'angoscia, la preoccupazione, il terrore, la certezza di un severo castigo agitavano la loro mente.

Comparve il Dio dei Cieli, terrificante in un'aureola di giustizia, grandioso per l'infinito senso di misericordia e di bontà, accompagnato dai delegati dalle beatitudini angeliche della prima, seconda e terza sfera. Si sedette su un trono forgiato dall'Amore. Ebbe luogo il primo processo nella storia dell'umanità. Arroganza, disonestà, scostumatezza e ribellione furono i capi d'accusa. Raffaele prese la parola. Non sto a riportare quel che disse, ma la sua eloquenza era tale e sapeva ben toccare gli animi che qua e là si sentì singhiozzare. Parlò della stima e del discredito, del rispetto e dell'irriverenza, della fiducia e della slealtà, della generosità e della grettezza, della gratitudine e della strafottenza, della fedeltà e del tradimento, e soprattutto dell'Amore. A sostegno delle sue tesi trasse esempi dalla realtà del creato e, in anticipo sui tempi, ne avrebbe volentieri portato a supporto alcune omelie di un famoso Papa. Il Padreterno non lo permise, i presenti non avrebbero capito. Dichiarati colpevoli nei capi d'accusa, l'Omo e la donna non ebbero nulla da replicare a loro discolpa. La condanna fu esemplare.

Dovettero lasciare l'Eden di corsa, destinazione ignota, nudi, solo il peperoncino e la ricciolina ricoperti da una foglia di cavolo nero. Fu proibito loro e alle future generazioni sia l'assaggio delle mele renette sia la preparazione dello strudel.

Affinché non s'imbrogliasse, fu istituito un Organismo di Controllo, il Garante degli Angeli Custodi che, invisibili, finché a loro è stato ordinato, hanno svolto egregiamente il proprio ufficio.

Lucifero, il Grande Vermo, fu infilato, e da allora è sempre lì, in una specie di ghiacciaia naturale al centro della Terra. S'è beccato tutte le malattie delle vie respiratorie; qualche volta tossisce e starnutisce, provocando eruzioni vulcaniche e terremoti.

313 dopo Cristo. È un anno memorabile. L'imperatore Costantino, guarito dalla lebbra da Papa Silvestro con il battesimo, si era convertito al Cristianesimo e con il celebre editto, la Donazione, emanato a Milano, ufficializzò solennemente nel mondo occidentale la religione cristiana. Non solo, dispose la restituzione alla Chiesa dei beni confiscati dai suoi predecessori e donò al Papa deliberatamente non solo la città di Roma ma anche tutto l'Occidente, mentre lui spostava a Costantinopoli la sede del potere imperiale. Una data significativa per i secoli a venire anche perché, e di sicuro non poteva essere l'intenzione di quel bravo ragazzo, con quella Donazione stabilì chi al mondo poteva avere molto più degli altri: i successori di Pietro divennero, e sono di fatto, i più ricchi paperoni che siano mai esistiti. Ma tutto ciò è una quisquilia in confronto al considerevole presente, purtroppo non tenuto nella debita riconoscenza, donato agli uomini da quel Grande, del quale possiamo dir male quanto vogliamo, ma una dote ce l'aveva, non era tirchio, anzi. L'Imperatore volle riproporre al gusto del genere umano la squisitezza delle mele renette e dello strudel, convinto della giustezza della sua decisione e della

bontà della misericordia divina. C'è una postilla in tal senso in quella Donazione, e carta canta, una postilla ignorata dagli studiosi di documenti antichi, e non dico altro. Fatto è che d'allora si è aperto uno scenario avvincente nel campo dell'arte pasticcera. È vero che le mele renette per lungo tempo fu impossibile trovarle. Sembravano sparite; così, fin da quella data per lo strudel furono impiegate altre qualità, l'appia, la lazzeruola, la limoncella, la paradisa, la ruggine e pure la delizia. Ma le renette, miracolo, ricomparvero. In epoca più recente, dal 1892, si maligna un prodigio della ricerca scientifica con tutti gli annessi e gli sconnessi, dal Canada, dalla Champagne e dal Trentino milioni di tonnellate di mele renette ha invaso il mondo. Pur se parenti alla lontana di quelle originali, mi si consenta di ritenerlo, sono comunque stuzzichevoli, gradevoli, e, fatto degno di nota, a disposizione del genere umano questa volta senza dictat. Lo strudel ha perduto la sua originalità, pur se il sapore è delicato, raffinato, squisito. La ricetta di Michele è conservata in un archivio della biblioteca privata del Signore, e all'uomo, soltanto a voce, è stato concesso di conoscere gli ingredienti, non la tecnica e la consistenza dell'impasto, né il tempo reale di cottura, tantomeno il tócco fantasia del grande artista pasticcere. In ogni casa, sui mercati, nelle confetterie, nei più famosi ristoranti viene offerta questa prelibatezza. Si sono provate, e si provano ancora, le ricette più fantasiose e ricercate. Ci si rifà addirittura a quella della nonna, riproposta come ricetta originale. Ma non scherziamo, l'è tutt'altra cosa, senza ombra di dubbio. La gente ha litigato un'eternità per assicurare al proprio paese l'originalità di quel composto. Per secoli è stata tutta una sfilza di convegni, assemblee, seminari, referendum, nazionali e internazionali, G2, G30, G100,

G1000, G2000, con discussioni dissensi bisticci alterchi, per sancire lecitamente l'esclusiva dei diritti sullo strudel a questa o a quella nazione.

La data del 1905 è la più antica testimonianza in testi scritti di questa specialità come pertinenza e portabandiera dell'attività dolciaria in Austria.

Ma solo chi avrà letto questo manoscritto, verrà a conoscenza della vera nascita dello strudel sulla terra.

Porto le caravelle dei sogni verso l'ignoto
e ho l'amarezza solitaria
di non sapere
la mia fine
e il mio destino

G. Lorca

Come sempre.

La lezione è terminata. Riordino gli appunti, la lista delle presenze, le prove scritte dei miei allievi in una cartellina blu. Sono affezionato a quel colore, mi ricorda il mare, il mare della mia isola, impareggiabile nel suo cromatismo, imparagonabile con altre distese per la limpidezza e la purezza dell'acqua in cui sguazzano a frotte e danzano elegantemente aggaioli, acciughe, boghe, bollaci, perchie, pesci di re, salpe, occhiate, saraghi, orate, dentici, ombrine, e praterie di posidonie e di spugne e di gorgonie e di corallo ne sono la coreografia.

Un ultimo sguardo all'aula, tutto in ordine, spengo le luci, esco. M'incammino verso l'ascensore. Nel corridoio alcuni studenti mi salutano, mi fermano, mi chiedono. Non prendo l'ascensore allora, scendiamo a piedi, giungiamo allo squallido ingresso dalle fredde pareti grigie parlando del più e del meno. Per un attimo mi sembra di appartenere al loro mondo, ma non è così, neanche penso che sia così, né m'illudo che sia così. Non mi sono mai chiesto cosa pensino di me i miei studenti, e perché poi? Li sento rispettosi, discreti, fiduciosi. Non è poco. Saluto con un cenno della mano il portinaio che sta scrutando l'orologio: sono le venti passate, è già tardi e non vede l'ora di tornare a casa. Esco dall'università, m'incammino verso la fermata del tram, rallento il passo, non ho voglia di rincasare così presto. Giro l'angolo e m'inerpico per il vialone che porta al parco. È sempre aperto il parco, entro. Cammino tra lo squittire dei topi alla ricerca di cibo e lo sguardo belluino delle civette pronte all'offensiva dalla torre eretta a vedetta contro le scorribande turche. È piacevole di sera attraversare questo giardino misterioso, generoso di aiuole, abeti, sequoie e salici che s'inchinano su uno specchio d'acqua marrone in cui sguazza ancora qualche giovane anatra. Mi fermo vicino alla cascata che gorgoglia vivace, respiro a pieni polmoni spifferi di aria fresca, mi rilasso. Assaporo il sollievo che emana questa oasi di verde, guardo e ascolto i fruscii in mezzo ai cespugli, in mezzo al prato. Due tartarughe fanno l'amore. Qua e là, mormorii e borbottii di sconosciuti inquilini. Proseguo per vie sterrate, mi trovo fuori e non me ne sono accorto. È periferia. Lampioni stanchi gettano una flebile luce sui marciapiedi, le insegne luminose di un giallo melanconico rischiarano appena l'entrata dei negozi chiusi da tempo, qualche sgassata d'auto, lo stridio di una frenata e il rado viaggiare del tram. Sbucano all'improvviso e scompaiono figure, i segni di vita in questa parte della città. Non c'è un bar aperto dove entrare per un caffè, scambiare quattro chiacchiere con un avventore, con la cassiera, con il gestore. Gli amici, i cosiddetti amici, sono a casa davanti a uno schermo o sulla poltrona mentre sfogliano il giornale. Stabilire un rapporto di amicizia è tortuoso e spesso inattuabile. Non sei uno di loro, vieni da un altro paese, sei accettato ma non sei gradito, sei accolto ma vieni contestato. Sei un conoscente. Ho pensato che il loro essere distanti fosse frutto dell'ambiente, piovoso, brumoso e freddo, che ne ha forgiato il carattere. Non ne è il motivo. La ragione è il radicato complesso d'inferiorità, un'inibizione che li spinge a voler essere ineguagliabili in ogni ambito, in ogni disputa, cercando competizione e confronto sui binari di una meschina albagia. Conta l'apparenza. L'espansività, la disponibilità, la cordialità, la socievolezza sono di facciata. Se cerchi un contatto per uscire insieme o per un invito a cena, mettono mano alla lista d'attesa, sembra come quando telefoni al dentista:- Ho dolori insopportabili, non ne posso più, potrei venire subito o domani? La voce cordiale ma metallica della segretaria è di conforto: - Le posso segnare un appuntamento per venerdì, 26 Maggio -.

È Novembre. Insisti, ti risponde con un secco buongiorno.

Le rare volte che vi siete visti in un'osteria è stato il frutto di un elaborato, minuzioso e fiscale investimento di energie. Una mercede. Una noia. Stessi argomenti, stesse domande, stesse risposte.

- Oh, quanto tempo!
- Davvero.
- Meglio incontrare noi più spesso.
- Hai proprio ragione.

- Tutto posto?
- Sì, grazie, e con te?
- Sì, sì.
- E la signora, i bambini, tutto bene?
- Sì, grazie.
- Bel tempo, eh?
- Già!
- E con il lavoro?
- Tutto ok.
- Quando vai in ferie?

- 12 Luglio, noi partiamo ore 7 preciso con aeroplano e arriviamo anche preciso ore 10. Nostra compagnia aerea è buonissima al mondo, sempre perfetto orario, mai siopero. A tutto caso, in questa trattoria si mangia molto bene. Io prendere spaghetti allo pomodoro con basilico oregano e zuccini. Tu non afere fame?

- Un pochino. Però, hai fatto progressi, sento che parli sempre meglio l'italiano, complimenti!

- Grazie, io afere studiato molto, anche notte. Io so, ancora parlo non perfetto, ma buono.

- Sei migliorato, non parli come Dante, ma...

- Ah, Dante, uomo grande! Io non credo, ma uno conosciente ha detto che nonno forse zio Dante essere nato qui da noi, che dici?

- Beh, se lo dice lui!

Provi disagio. Speri in un minimo di naturalezza, di allegro, di diverso. Impensabile.

Ultima rampa prima di arrivare a casa. La via ha uno scossone, s'impenna. Cammino sotto un pergolato di rami d'ippocastani che fuoriescono dalla rete metallica che cinge il più grande parco della città. Sulla destra un imponente bosco di querce. Il buio è profondo e arcano, una sensazione d'inquietudine ti prende per il bramire improvviso di un cervo, brividi partono dalla testa e scendono lungo il corpo, e con gli occhi cerco e fisso un punto, quello del viottolo che svolta a destra e da lì in cinque minuti sono all'ingresso del caseggiato dove abito. Mi piace, tuttavia, questa via, specie in pieno inverno quando è innevata, anche se, scendendo o salendo, si rischia di trovarsi col culo per terra. Sono arrivato. Apro il portone d'ingresso, una nuvola olezzante di cipolla soffritta mi avvolge, divoro in apnea la rampa di trentadue scalini stretti e corti aiutandomi col passamano, sono davanti alla porta di casa, due mandate a destra in alto due mandate a sinistra in basso, entro, sbuffo. Vivo solo. Un piccolo corridoio, sulla destra il gabinetto e il bagno, separati, cinque passi più avanti sulla sinistra la nicchia per cucinare, sul davanti una stanza ampia e ben illuminata da un finestrone a balconcino. In questo vano c'è il mio mondo attuale, la scrivania, un sofà e non più il letto in ferro battuto, la gabbia, così l'aveva battezzata, quattro sedie, un armadio, due scaffali. Sulle pareti, i miei acquarelli. Appoggio la borsa, il telefonino, il portafogli, le sigarette e l'orologio sulla scrivania, mi spoglio, m'infilo sotto la doccia. Mi cambio, stappo una bottiglia di rosso, me ne verso un buon gòtto, mi siedo sulla sedia girevole, mi stiro, accendo una sigaretta, assaporo pacioso questo inebriante succo d'uva. Sulla scrivania due foto, una dei miei figli ed è tutto ciò che ho, è straordinario, e un'altra, è ciò che vorrei. Converso con loro. Sono privilegiato dalla sorte ché posso chiedere e rispondere, giustificare, approvare, oppormi, porre divieti, patteggiare. Nessuno fa obiezioni, c'è intesa, concordia, consenso. Guardo intorno, sento aleggiare una presenza, non è reale, è la mia illusione. Sulla scrivania su un foglio di carta sembrano apparire delle scritte, le ripasso con la penna che scorre veloce, diventano parole, tante, che concretizzano i pensieri, i moti del cuore che si accavallano e dirompono.

Su un cartoncino traccio dei girigogoli, i colori ora tenui ora vigorosi si sovrappongono. Appaiono immagini del mio sentire. Vivo un momento di tanti momenti che non può essere procrastinato.

Guardo le foto, provo un'intensa emozione.

Il sole è sorto.

Incomincia un'altra giornata.

Farò della mia anima uno scrigno
per la tua anima,
del mio cuore una dimora
per la tua bellezza,
del mio petto un sepolcro
per le tue pene.
Ti amerò come le praterie amano la primavera,
e vivrò in te la vita di un fiore
sotto i raggi del sole.
Canterò il tuo nome come la valle
canta l'eco delle campane;
ascolterò il linguaggio della tua anima
come la spiaggia ascolta
la storia delle onde.

Kahlil Gibran

Terminologia

Aggaiolo (pesce) thalassoma Pavo.
A miccino a modo, proprio bene, senza problemi.
Baschetto pianerottolo esterno, ingresso di una casa.
Beco paguro.
Billo tacchino.
Bioda rafia.
Bollace (pesce) donzella (famiglia della).
Caccausso arachide.
Cacchione spazio ristretto di terra o di mare.
Capannello piccola costruzione rurale a volta.
Capannetta abitacolo per il cane
Cepita inula viscosa, dall'aroma intenso.
Coroncella getto giovane di una pianta.
Cote masso, macigno.
Cuccù cornuto.
Dente di cane balanus perforatus, piccolo mitilo a punta spaccata.
Fallante berta maggiore.
Foràno vento che spira dal largo.
Greppa muro a secco in campagna.
Grugnola frutto del pruno.
Lumino marrubio: i calici secchi dei fiori, messi a galleggiare capovolti in un bicchiere d'acqua con uno strato d'olio, venivano accesi come stoppini per fare luce. In chiesa sostituivano le candele di cera.

Lattaiola reichardia picroides, famiglia delle compositae, caccialepre, latticina: insalata selvatica che libera un secreto lattiginoso e bianco se incisa.

Murso muschio.

Nenne mammella.

Pagliara pagliaio: locale rustico per conservare paglia e fieno.

Palmento costruzione rurale abitativa.

Pancastrello digitaria sanguinalis, graminacea.

Patullarsi passare il tempo, occuparsi di.

Pesce (di) re donzella (famiglia della).

Pisciona calamaro (famiglia del).

Pittimare annoiare per le lamentele, dare fastidio.

Pósta parte lavorata del terreno terrazzato o no.

Ruzzare giocare saltando, divertirsi.

Saracina (pesce) castagnola.

Scopo erica arborea.

Serracchio tagliamani (ampelodesma): pianta i cui getti sono usati come legature; serviva anche per fare corde e gomene.

Succhiello borragine.

Zibeppe sedere.

Zoncola chrysantemum coronarium, margherita dai fiori gialli.

Indice

Finito di stampare il mese di settembre 2019
presso Tipografia Digital Point
Ponte Felcino (PG)